BASTEI
LÜBBE

CHARITY von Wolfgang Hohlbein
im BASTEI-LÜBBE-Programm:

23 096 Die beste Frau der Space Force
23 098 Dunkel ist die Zukunft

WOLFGANG HOHLBEIN

CHARITY

Dunkel ist die Zukunft

Science Fiction Roman

BASTEI LÜBBE

BASTEI-LÜBBE-TASCHENBUCH
Science Fiction Abenteuer
Band 23098

Erste Auflage: Januar 1990
Zweite Auflage: September 1992

Lektorat: Reinhard Rohn
Umschlaggestaltung: Quadro Grafik, Bensberg
Satz: KCS GmbH, 2110 Buchholz/Hamburg
Druck und Verarbeitung:
Brodard & Taupin, La Flèche, Frankreich
Printed in France
ISBN 3-404-23098-1

Der Preis dieses Bandes versteht sich
einschließlich der gesetzlichen Mehrwertsteuer.

1

Schmerz weckte sie. Es gelang ihr nicht, ihn genau zu lokalisieren; eine Milliarde kleiner, kribbelnder Tierchen mit spitzen Zähnen lief durch ihren Körper, kroch durch ihre Adern, fraß sich an ihren Nervenbahnen entlang. Dann ein einzelner Gedanke, scheinbar sinnlos: Es wird weh tun. Sehr weh. *Irgend jemand hatte das einmal zu ihr gesagt, irgendwann und irgendwo, eine Million Lichtjahre in der Vergangenheit. Wann und wo und wer genau, das hatte sie vergessen. Vielleicht hatte sie es nie gewußt.*

Dann eine neue Erinnerung: ein schmales Gesicht mit Augen voller Angst und Wahnsinn, ein . . . Gewehr, das auf sie gerichtet und — ja, und auch abgedrückt worden war.

Gut, dachte sie. Ihre Erinnerungen kamen zurück. Noch ergaben sie keinen Sinn, und noch vermochte sie nicht zwischen echten Erinnerungen und dem zu unterscheiden, was ihr aus dem endlos langen Alptraum gefolgt sein mochte, der hinter ihr lag. Aber allein, daß sie diesen Gedanken denken konnte, bewies, daß sich die grauen Spinnweben in ihrem Kopf aufzulösen begannen.

Es wird lange dauern. Vielleicht Tage.

Sie versuchte sich zu bewegen. Es ging nicht. Nun, sie hatte Zeit. Und vielleicht war es ohnehin klüger, zuerst in ihrem Kopf für Ordnung zu sorgen. Mit dem Einfachsten beginnen: Sie war . . . war . . .

Sie konnte sich nicht einmal an ihren Namen erinnern, und es war dieser Gedanke, der sie zum ersten Mal an den Rand der Panik brachte, seit sie die Fesseln jenes todesähnlichen Schlafes abgestreift hatte, in den sie irgendwann, vor unendlich langer Zeit gesunken war. Ganz schwach glaubte sie zu wissen, daß sie sich nicht freiwillig in diesen Zustand begeben hatte und daß sie . . .

Es geschah so plötzlich, daß sie aufgeschrien hätte, wäre sie nur in der Lage dazu gewesen: Eine gewaltige, zehnfingrige Insektenklaue schlug nach ihren Gedanken und zerfetzte den Schleier aus grauen Spinnweben, der sich darüber ausgebreitet hatte.

Charity erwachte.

Sie war auf der Flucht. Das Leben eines *Wastelanders* brachte es zwangsläufig mit sich, daß man sehr früh lernte, sich durchzuschlagen und mit Gefahren fertig zu werden. Sie kannte alle Tricks, um die Reiter von der richtigen Spur abzubringen, und genug kleine Kunstgriffe und Kniffe, selbst einen Shark zu narren.

Aber heute war ein ganzes Dutzend hinter ihr her, und sie hatte die Spuren von mindestens drei Reitern gesehen. Ihre Chancen standen, vorsichtig formuliert, nicht besonders gut. Im Moment war sie zwar in Sicherheit, aber die Felsenhöhle, in die sie sich zurückgezogen hatte, bot ihr nur für kurze Zeit Schutz. Die Sharks waren nicht dumm — und zu allem Überfluß wurde die Höhle von einer Fangspinne bewohnt, wie die zahllosen kleinen Knochenhaufen bewiesen, die unter ihren nackten Füßen knisterten. Das Tier würde nicht vor Einbruch der Dunkelheit zurückkommen, und es war fraglich, ob es einen so großen Gegner wie einen Menschen überhaupt angreifen würde; aber Net hatte weder Lust, es herauszufinden, noch ihr Nachtlager mit einer kopfgroßen, zehnbeinigen Scheußlichkeit zu teilen. Sie hatte noch eine gute Stunde, ehe sie ihre Deckung verlassen mußte. Und dann . . .

Vorsichtig schob sie sich ein wenig näher an den Höhlenausgang heran und spähte zu den Bergen hinüber. Net hatte fast das Gefühl, nur die Hand ausstrecken zu müssen, um ihre Ausläufer berühren zu können. Aber sie wußte auch, wie sehr dieser Eindruck täuschte. Die klare Luft hier oben verzerrte die Entfernungen. Bis zu den ersten Hängen mußten es einige Meilen sein. Und es war fraglich, ob sie selbst dort sicher wäre — die Reiter kamen nie in die Berge, aber diese verdammten Sharks stießen in letzter Zeit immer weiter nach Süden vor.

Verdammt, was hatte sie nur falsch gemacht? Es war doch nicht das erste Mal, daß sie sich an eine Reiterkarawane herangepirscht hatte, um Lebensmittel zu stehlen! Wieso veranstalteten sie plötzlich eine Treibjagd auf sie, als hätte sie sich die goldene Klobrille des Statthalters unter den Nagel gerissen?

Sie schloß die Augen und lauschte einen Moment angestrengt. Für eine Sekunde glaubte sie das hohe Summen eines noch weit entfernten Sharks zu hören, aber dann merkte sie, daß sie sich das Geräusch nur einbildete. Nein — wenigstens für den Moment schienen sie ihre Spur verloren zu haben.

Ihre Hand tastete nach der Waffe, die unter ihrem Kleid verborgen war. Schmerzhaft wurde ihr bewußt, daß ihr Vorrat an Springmaden auf zwei zusammengeschrumpft war und daß sie die Tiere zudem seit drei Tagen nicht gefüttert hatte. Möglicherweise funktionierte das Ding überhaupt nicht mehr. Aber das würde sie schon merken, dachte sie resignierend. Sie konnte es sich nicht leisten, einen ihrer zwei letzten Schüsse zu vergeuden, nur um sicher zu sein.

Net schob sich behutsam ganz aus der Höhle heraus, richtete sich auf und drehte sich einmal im Kreis. Das Licht hier war gnadenlos, und der fast weiße Sand der Wüste reflektierte jeden einzelnen Sonnenstrahl wie ein riesiger Spiegel. Sie hätte niemals so weit nach Norden gehen dürfen. Aber sie *war* nun einmal in dieser Situation, und es gab absolut niemanden, dem sie die Schuld dafür in die Schuhe schieben konnte. Sie hatte sich ganz allein hineingebracht.

Net verschob ihre sinnlosen Selbstvorwürfe auf später, sah sich noch einmal sichernd nach allen Seiten um und ging los. Sie hatte Durst, aber drüben in den Bergen würde sie genug Wasser finden. Wenn sie es bis dorthin schaffte. Und es gab eine ganze Menge, was dagegen sprach.

Charity erwachte endgültig. Mühsam öffnete sie die Augen, starrte die kahle Betondecke fünf Meter über ihrem Kopf an und begriff, daß sich der Tank geöffnet hatte. Ihre Erinnerungen waren zurückgekehrt. Sie waren schlagartig und ohne Vorwarnung gekommen, und Charity gestand sich widerwillig ein, daß sie wohl auch der Grund für ihre Bewußtlosigkeit gewesen waren. Es war lächerlich, aber sie war wie eine hysterische alte Jungfer schlichtweg vor Schrecken in Ohnmacht gefallen, als sie begriffen hatte, wo sie war.

Sie versuchte sich zu bewegen. Jede Bewegung ihres Körpers bereitete höllische Schmerzen. Großer Gott, sie würde nie wieder laufen können, dachte sie. Selbst das Atmen bereitete ihr Mühe. Unter Aufbietung aller Kräfte stemmte sie sich ein wenig in die Höhe, zog die Knie an und versuchte in eine Lage zu rutschen, in der sie wenigstens ihren Körper betrachten konnte.

Sie schien ihren Tiefschlaf einigermaßen überstanden zu haben, auch wenn es ihr zuerst nicht so vorkam: Das Dutzend haarfeiner Nadeln in ihrem linken Handgelenk stach wie Feuer, die Wunde in ihrem rechten Oberschenkel klopfte im Takt ihres Herzens, und ihr linker Arm versuchte ihr immer noch einzureden, daß er in Wirklichkeit in hellen Flammen stünde. Der Tank hatte wirklich hervorragend funktioniert, dachte sie griesgrämig. Er hatte nicht nur ihren Körper vor dem Altern bewahrt, sondern auch die beiden Verletzungen nicht heilen lassen.

Sie wartete fast fünf Minuten, bis sie mit zusammengebissenen Zähnen die Hand nach dem Metallreif ausstreckte, der um ihrem linken Handgelenk lag, und ihn löste. Es tat ekelhaft weh, und dort, wo die Nadeln gewesen waren, traten kleine hellrote Blutströpfchen aus ihrer Haut. Sie würde Stone die Zähne einschlagen, dachte sie wütend. Einen für jeden Tropfen Blut, der jetzt über ihre Hand lief.

Der Zorn aktivierte neue Kräfte in ihr. Stöhnend setzte sie sich ganz auf, sah zuerst nach rechts, dann nach links und musterte dann den benachbarten Tank, einen sechs Meter langen, schimmernden Sarg aus verchromtem Stahl, in dem Stone lag. Er war noch geschlossen.

Ein jäher Schrecken durchfuhr sie. Vielleicht war er tot. Die Chancen, den Hibernationstank zu überleben, standen fünfzig zu fünfzig, erinnerte sie sich. Sie war erwacht, aber vielleicht hatte es Stone erwischt, und er faulte seit einem Jahrhundert in seinem Zwanzig-Millionen-Dollar-Sarg vor sich hin.

Sie würde es kaum herausfinden, wenn sie weiter hier saß und den Tank anstarrte. Charity wartete, bis sie sich kräftig genug dazu fühlte, dann stemmte sie sich aus dem Tank, tastete vorsichtig mit dem Fuß nach der obersten Stufe der kleinen Treppe und stieg zitternd hinunter. Anschließend blieb sie zehn Minuten lang zitternd und völlig außer Atem sitzen und kämpfte abwechselnd gegen Übelkeit und eine neue Ohnmacht an, die sie überfallen wollte.

Aber ihre Kräfte kamen jetzt rasch zurück. Vor einer halben Stunde hatte sie nicht einmal die Energie gehabt, die Hand zu heben, geschweige denn, eine anderthalb Meter hohe Leiter hinunterzusteigen. Sie stand auf, machte einen Schritt auf Stones Tank zu und kehrte wieder um. Bevor sie den Streit fortsetzten, den sie vor zehn oder vielleicht auch zehntausend Jahren unterbrochen hatten, war es vielleicht besser, zuerst einmal gewisse Dinge herauszufinden — zum Beispiel die Antwort auf die Frage, wie lange ihr unfreiwilliger Schlaf gedauert hatte.

Sie mußte auf die andere Seite, um einen Blick auf den Steuercomputer zu werfen. Es war ihr bisher gar nicht aufgefallen, daß der Tank zwei Meilen lang war, aber das war ungefähr die Strecke, die sie sich an dem schimmernden Metall entlangquälte, mit kurzen Schritten, nach vorne gebeugt wie eine zweihundertjährige Greisin und keuchend vor Anstrengung.

Das Ergebnis lohnte die Mühe nicht. Der Computer war so tot, wie er nur sein konnte: Das Dutzend kleiner Kontrollichter auf seiner Oberfläche war erloschen, und der Bildschirm matt und voller Staub. Aus der mechanischen Digitalanzeige neben dem Gerät grinste sie eine 888 an.

Achthundertachtundachtzig Jahre? Verwirrt — und mehr als nur ein bißchen erschrocken — beugte sie sich vor und klopfte mit den Fingerknöcheln gegen das verstaubte Glas. Etwas klickte. Die mittlere der drei Achten verwandelte sich in eine Null, und Charity begriff, was geschehen sein mußte: Wie der Computer hatte auch das Zählwerk schlicht und einfach den Geist aufgegeben. Was den Weckvorgang aktiviert und den Tank aufgeklappt hatte, mußte eine Art Notautomatik gewesen sein. Im stillen bedankte sie sich bei den unbekannten Technikern, die dieses Gerät konstruiert hatten. Ihre Umsicht hatte ihr das Leben gerettet.

Damit wußte sie allerdings immer noch nicht, wie lange sie geschlafen hatte, aber das war im Moment auch nicht so wichtig. Sie lebte, das allein zählte.

Plötzlich kam ihr ein anderer, weit unangenehmerer Gedanke. Dieser ganze Tiefschlafkomplex hatte eine eigene Energieversorgung, und es war nur zu logisch, daß die Tanks dabei oberste Priorität genossen. Das matte Glimmen der einst grellweißen Leuchtröhren unter der Decke verriet ihr genug über den Zustand der Reaktorladung. Wie zum Teufel sollte sie hier herauskommen? Sie erinnerte sich sehr lebhaft an die tonnenschwere Panzertür, die Stone hinter sich geschlossen hatte.

Wieder blieb sie zehn Minuten lang sitzen, ehe sie sich an den Rückweg machte. Diesmal war der Tank nur eine Meile lang, und für die Expedition hinüber zu dem Stones brauchte sie kaum eine Viertelstunde. Noch ein paar Tage, und sie würde den ganzen Raum durchqueren können, ohne auch nur ein einziges Mal vor Erschöpfung in Ohnmacht zu fallen.

Das Schaltpult an Stones Tank war gleichfalls tot, seine Digitalanzeige stand komplett auf Null. Sie streckte die Hand nach dem großen, roten Knopf aus, der den Öffnungsmechanismus in Gang setzte, zog die Finger dann aber schnell zurück. Selbst, wenn das Wunder geschah und der Tank sich öffnete — sie hatte plötzlich Angst vor dem, was sie vielleicht finden würde.

Charity verscheuchte den Gedanken, streckte noch einmal die Hand aus, und diesmal berührte sie den Knopf. In der ersten, schrecklichen Sekunde geschah gar nichts, aber dann drang irgendwo aus den Tiefen des Tanks ein leises, metallisches *Klack*, und das Wunder geschah: Der riesige, stählerne Sarg teilte sich und klappte auseinander wie ein Paar gewaltiger Käferflügel.

Der Tank war leer.

Charity starrte sekundenlang verblüfft auf die Schaumstoffunterlage, auf der sich noch deutlich die Umrisse eines menschlichen Körpers abzeichneten. Erleichterung und Wut erfüllten sie; Erleichterung, weder einen mumifizierten Leichnam noch ein Häufchen Staub und ausgebleichter Knochen vorzufinden, und Wut, weil dieser leere Tank nur eines bedeuten konnte: Stone war vor ihr aufgewacht, und er hatte sich nicht einmal die Mühe gemacht, sie zu wecken, sondern war . . .

Verwirrt sah sie sich um. Der Raum war riesig und vollgestopft mit Geräten und Schränken und nicht zuletzt dem halben Dutzend zyklopischer Tanks, aber es gab trotzdem kein Versteck, das groß genug gewesen wäre, einen erwachsenen Menschen zu verbergen.

Und das wiederum bedeutete, daß er einen Ausgang gefunden hatte . . .

Für einen Moment vergaß Charity ihre Erschöpfung. Sie trat von Stones Tank zurück, blickte sich aufgeregt um — und wäre beinahe gefallen, als ihre Beine ihr den Dienst verweigerten.

Keine Panik, jetzt! dachte sie. Es mußte eine Lösung geben. Die Konstrukteure dieser Anlage mußten eine solche Situation vorausgesehen haben. Wenn sie die Nerven behielt und logisch vorging, würde sie . . .

Ihr Blick fiel auf einen roten Gegenstand, der in Stones leerem Tank lag, und fast im gleichen Moment hatte sie das heftige Bedürfnis, sich selbst zu ohrfeigen. Sie hatte die Plastikmappe mit den Notfallinstruktionen schlichtweg vergessen. Es gab eine in jedem Tank, nicht nur in dem Stones. Ächzend zog sie sich über den Rand des offenstehenden Stahlsarges, angelte den roten Hefter hervor und begann zu lesen. Auf den zwei Dutzend engbedruckten Seiten stand alles, was sie wissen mußte.

Trotzdem dauerte es noch länger als zwei Stunden, bis sie soweit war, den Bunker zu verlassen. Charity erholte sich zusehends, was nicht zuletzt an den Pillen lag, die sie in einem Schrank fand und von denen sie kurzerhand eine ganze Handvoll schluckte. Sie hatte keine Ahnung, was sie draußen erwartete, aber sie würde jedes bißchen Kraft brauchen, das sie bekommen konnte.

Offenbar war auch Stone den Instruktionen gefolgt; einer der sechs gepackten Tornister fehlte, außerdem zwei Lasergewehre und eine MP; wenn sie Stones eigene Waffe mitzählte, dann stand zu vermuten, daß dieser Wahnsinnige vier Gewehre mit sich schleppte. Charity schüttelte seufzend den Kopf, hängte sich selbst einen Laser über die Schulter und nahm nach kurzem Zögern noch ein Messer und eine kleine, zusammenklappbare Maschinenpistole aus dem Waffenschrank.

Den Bunker zu verlassen erwies sich als relativ leicht — und sehr gefährlich. Auch der Fluchtweg war von einer dreißig Zentimeter starken Panzerstahlplatte versperrt gewesen, aber anders als beim Haupteingang hatten ihre Konstrukteure hier eine Vorrichtung angebracht, die die Tür elektrisch *geschlossen* hielt. Sobald der Strom ausfiel, klappten die beiden Panzerstahlflügel automatisch auseinander. Nein, die Tür war nicht das Problem. Das, was Charity den puren Angstschweiß auf die Stirn trieb, lag dahinter.

Es war rund, hatte einen Durchmesser von anderthalb Metern und war pechschwarz. Eine Fluchtrutsche, die in immer größer werdenden Spiralen in die Tiefe führte. Und sie hatte panische Angst, sie zu benutzen. Sie war durch ähnliche, kleinere Anlagen geflitzt, früher, in einer Welt, in der es noch Schwimmbäder und Freizeitparks gegeben hatte, aber das hier war etwas ganz anderes. Sie hatte keine Ahnung, was sie am anderen Ende erwartete und ob dieses verdammte Ding überhaupt noch in Ordnung war. Die Sprengungen hatten den ganzen Berg erschüttert. Die Vorstellung, mit achtzig oder hundert Meilen in der Stunde in irgendwelche Trümmer zu rutschen, gefiel ihr nicht besonders. Und außerdem hatte sie einfach Angst vor dem, was sie finden würde, selbst wenn es ihr gelang, aus diesem Loch herauszukommen.

Aber welche Wahl hatte sie schon?

Entschlossen hob sie ihren Tornister hoch, stemmte ihn über den Rand des Schachtes und ließ ihn los. Eine Weile stand sie reglos und mit angehaltenem Atem da und lauschte, aber aus der Tiefe drang kein Laut herauf. Sie würde selbst herausfinden müssen, was sie am Ende der Rutsche erwartete.

Charity knipste ihre Taschenlampe an, steckte sie so unter den Gürtel, daß der Strahl nach unten zeigte, und zog sich behutsam auf den Rand des kreisrunden Einstiegs hinauf. Sie spürte, wie ihr Herz zu rasen begann. Ganz vorsichtig schob sie sich ein Stück weiter nach vorne und blickte dem Lichtstrahl der Taschenlampe nach, der sich irgendwo in fünf, sechs Metern Tiefe in der Schwärze verlor. Kalter Schweiß bedeckte ihre Stirn.

Sie begann zu rutschen. Im allerersten Moment war ihre Fahrt ins Ungewisse fast langsam, aber wirklich nur im allerersten Moment — dann hatte sie die erste Biegung des Stollens hinter sich, und der Tunnel machte einen jähen Knick.

Es dauerte vielleicht eine Minute, aber es war eines der schlimmsten Erlebnisse, die sie bis dahin in ihrem Leben gehabt hatte. Der Kunststoff, mit dem der Schacht ausgekleidet war, war zehnmal glatter als Eis. Sie schrie und versuchte vergeblich, sich irgendwo festzuhalten, und wurde immer schneller, während sie wie eine lebende Kanonenkugel mit siebzig, achtzig, vielleicht hundert Meilen in der Stunde nach unten schoß.

Dann endlich hatte sie das Ende ihrer Höllenfahrt erreicht. Der tanzende Lichtstrahl ihrer Lampe raste plötzlich nicht mehr über hellweißen Kunststoff, sondern verlor sich in der Dunkelheit. Für eine endlose, gräßliche Sekunde flog sie scheinbar schwerelos durch die Luft, schrie und folgte gleichzeitig fasziniert dem Flug ihrer Taschenlampe, die sich aus ihrem Gürtel gelöst hatte und wie ein kleiner, glimmender Leuchtkläfer davontorkelte.

Dann prallte sie auf.

Der Aufprall war so hart, daß sie fast das Bewußtsein verlor, aber er war nicht so schmerzhaft, wie sie erwartet hatte. Sekundenlang blieb sie benommen liegen und lauschte in sich hinein, ehe sie es überhaupt wagte, die Augen zu öffnen.

Sie konnte sehen. Es war nicht so völlig dunkel, wie sie im ersten Moment angenommen hatte. Sie lag auf dem Boden einer gewaltigen Höhle, deren Decke sich hundert oder mehr Meter über ihr wölbte. Von irgendwoher kam Licht, heller Sonnenschein, der das Dunkel hier durchdrang.

Noch immer benommen, aber unverletzt, setzte Charity sich auf und sah sich noch einmal und gründlicher um.

Der Hangar. Der Fluchttunnel hatte sie geradewegs in den Raumschiffhangar der Bunkerstation geführt, einer riesigen Höhle zwei Meilen neben und eine unter dem eigentlichen Bunker, am Boden eines auf natürliche Weise entstandenen Canyons gelegen. Riesig und verschwommen konnte sie die Silhouetten der beiden Raumschiffe erkennen, die im hinteren Drittel der Höhle startbereit auf ihren Rampen standen. Kein Laut war zu hören.

Sie plagte sich auf, verlor dabei beinahe erneut das Gleichgewicht und erinnerte sich erst jetzt wieder daran, daß irgend etwas ihren Sturz aufgefangen hatte. Verwirrt erkannte sie, worauf sie gelandet war: Es war nichts anderes als ein Stapel Matratzen und Decken, den jemand — Stone? — am Ende der Tunnelröhre placiert hatte. Auf einer Decke bemerkte sie ein goldenes ›C‹. Als sie sich bückte und den Boden untersuchte, entdeckte sie einen eingetrockneten Blutfleck. Er schien sehr alt zu sein, auf jeden Fall älter als die paar Stunden, mit denen sie Stones Vorsprung bisher ganz instinktiv angesetzt hatte, aber es war eindeutig Blut. Ja, es mußte Stone gewesen sein. Die Sachen stammten aus der CONQUERER. Offenbar hatte er sich beim Aufprall verletzt und ihr helfen wollen.

Für einen Moment bekam sie Angst, Stones Leiche irgendwo zu finden. Aber das war natürlich Unsinn — er konnte nicht sehr schwer verletzt sein, wie das improvisierte Sprungtuch bewies, das er für sie aufgebaut hatte. Es war mit Sicherheit ein hartes Stück Arbeit gewesen, das ganze Zeug aus dem Schiff zu holen und hierher zu bringen.

Ihr Zorn auf Stone sank beträchtlich, als ihr klar wurde, daß er ihr vielleicht das Leben gerettet hatte. Nicht, daß sie seine Beweggründe verstand — warum, verdammt noch mal, hatte er sie nicht geweckt, wenn er so um ihr Wohlergehen bemüht war?

Umständlich klaubte sie ihre Sachen zusammen — der Tornister lag nur wenige Schritte neben ihr, die Taschenlampe war beim Aufprall zerbrochen —, blickte noch einmal die beiden gewaltigen Space-Shuttles an und überlegte, hinüberzugehen und sie in Augenschein zu nehmen.

Aber sie tat es nicht. Warum auch? Sie hatte keine Möglichkeit, die Schiffe zu starten. Wahrscheinlich besaßen die Schiffe ohnehin nur noch Schrottwert. Die Jahre, die sie nutzlos herumgestanden und auf eine Besatzung gewartet hatten, hatten sie vermutlich vollkommen zerstört.

Plötzlich erinnerte sie sich an Beckers letzten Funkspruch. Er und die anderen würden im Schiff auf sie warten, hatte er gesagt. Sie hatte keine besondere Lust, über ihre Leichen zu stolpern, wenn sie die CONQUERER betrat. Alles, was seit ihrem Erwachen geschehen war, war ihr wie ein großes Spiel vorgekommen: aufregend, unheimlich, auch gefährlich, aber irgendwie nicht *ernst*. Einen Toten zu finden — und sei es auch nur ein fünfhundert oder auch fünftausend Jahre altes Skelett, würde aus dem Spiel tödlichen Ernst machen.

Sie wandte sich dem Licht zu und ging los.

Sie würde es nicht schaffen. Net wußte es seit einer Stunde, wenngleich dieses Wissen zuerst nur eine nagende Furcht gewesen war, die sie selbst als pure Nervosität abgetan hatte. Sie war am Ende ihrer Kraft. Zu allem Überfluß war sie auch noch auf einen scharfkantigen Stein getreten und hatte sich eine heftig blutende Wunde am rechten Fuß zugezogen. Jetzt, kurz vor Einbruch der Dämmerung, hatte sie die bittere Gewißheit, dieses eine Mal zu hoch gespielt zu haben.

Sie hatte ihre Spuren entdeckt: die Abdrücke großer, horngepanzerter Insektenfüße und die kleineren, schmaleren, aber viel tiefer eingegrabenen Spuren von Gummireifen. Reiter und Sharks, dachte Net bitter. Außerdem hatte sie Lichter in den Bergen gesehen: das flackernde rote Glutauge eines Feuers, das auf halber Höhe des Passes entzündet worden war und das kein Problem darstellte — ihm konnte sie ausweichen —, und dann und wann ein geisterhaft weißes Aufleuchten, das wie ein Finger aus Helligkeit über die Felsen strich. Sharks kurvten dort mit ihren Maschinen in den Felsen. Es gehörte nicht allzuviel Phantasie dazu, sich auszumalen, wonach sie suchten. Nach ihr. Sie verstand nur immer weniger, warum. Was, bei den schwarzen Göttern von Moron hatte sie getan?

Net gestand sich ein, daß es ziemlich naiv gewesen war, sich allen Ernstes einzureden, daß ihre Glückssträhne anhalten würde. Vielleicht hatte sie auf dem Weg hierher ihren Vorrat an Glück aufgebraucht. Wenn sie bedachte, daß sie mittlerweile von einer kleinen Armee gejagt wurde, dann hätte sie gar nicht so weit kommen dürfen.

Trotz all dieser düsteren Überlegungen ging sie weiter, denn Net wußte genau, daß sie jetzt nicht mehr umkehren konnte. Die Höhle würde sie niemals wiederfinden. Und die Nacht schutzlos auf der Ebene zu verbringen . . .

Net dachte den Gedanken lieber nicht zu Ende. Statt dessen beeilte sie sich, so schnell wie möglich vorwärts zu kommen. Sie war am Ende, aber sie würde kämpfen.

Die Schatten begannen zu einer schwarzen Mauer zusammenzuwachsen, als sie die ersten Ausläufer der Berge erreichte. In der hereinbrechenden Dunkelheit schien das Feuer stärker zu leuchten, und ab und zu trug der Wind das Heulen eines Sharks heran, ohne daß er ihr allerdings auch nur einmal gefährlich nahe kam.

Aber das war auch nicht notwendig. Net war es gewohnt,

Dinge zu vollbringen, von denen andere behauptet hätten, sie seien unmöglich, aber auch ein *Wastelander* war letztendlich nur ein Mensch, und ein Mensch mußte von Zeit zu Zeit trinken. Die einzige Quelle in weitem Umkreis befand sich auf halber Höhe des Berges, dort, wo das Feuer brannte. Die Sharks brauchten einfach nur auf sie zu warten.

Net griff übellaunig unter ihr Kleid, zog die Waffe heraus und steckte sie gleich wieder weg. Es gab nicht viel, worauf sie schießen konnte, sie würde, indem sie das Ding offen in der Hand hielt, den Sharks nur verraten, daß sie bewaffnet war.

Nicht, daß das irgend etwas ändern würde. Net war so gut wie tot, und sie wußte es. Eine der beiden Maden im glatten, schwarzen Lauf der Waffe war für sie bestimmt. Ein häßlicher Tod, aber nichts gegen das, was die Sharks mit ihr machen würden, wenn sie sie lebend fingen.

Sie schlich vorsichtig weiter. Das bleiche Licht der Shark-Maschinen huschte noch immer unruhig über die Felsen. Vielleicht hatte sie doch eine Chance, denn der Hang wurde immer unwegsamer. Geländegängig oder nicht, dachte sie grimmig, die Maschinen der Sharks konnten nicht fliegen.

Es war vollends dunkel geworden, als sie das Lager erreichte. Es waren Sharks, wie sie befürchtet hatte, und sie hatten ihr Lager unmittelbar an der Quelle aufgeschlagen. Net entdeckte drei ihrer Maschinen; große, schwarzglänzende Ungeheuer, deren ausgeschaltete Scheinwerfer sie wie riesige silberblinde Augen anstarrten. Drei oder vier andere fuhren in der Gegend herum und suchten sie, jeden Moment konnten sie zurückkommen. Wenn sie etwas unternehmen wollte, dann jetzt.

Lautlos schob sie sich weiter, zog die Waffe unter dem Kleid hervor und sah sich gebannt um. Drei Maschinen, drei Gestalten — aber das bedeutete nicht, daß es nur drei waren. Sharks fuhren oft zu zweit, und weitere Maschinen mochten irgendwo in der Nähe abgestellt sein, außerhalb der flackernden Halbkugel aus rotem Licht, die das Feuer schuf. Net begann sich ohnehin über die Sorglosigkeit zu wundern, die die Sharks an den Tag legten. Das Feuer war meilenweit zu sehen, und die drei unterhielten sich ziemlich laut. Zum ersten Mal, seit sie ihre verzweifelte Flucht über die Ebene begonnen hatte, kamen ihr Zweifel, daß wirklich *sie* es war, der dieser ganze Aufstand galt.

Sie verscheuchte den Gedanken und visierte den ersten Shark an. Er saß kaum fünf Meter vor ihr. Sein schwarzglänzender, gekrümmter Rücken bot ein prachtvolles Ziel, das sie gar nicht verfehlen konnte.

Aber sie zögerte, abzudrücken. Sie hatte nur zwei Schüsse, und selbst, wenn sie auch noch einen zweiten Shark erwischte — was ganz und gar nicht sicher war, Sharks waren fast so schnell, wie sie brutal waren —, dann blieb noch einer übrig, der sich entweder auf sie stürzen oder seine Kameraden um Hilfe rufen konnte. Die Aussicht, einen Shark mit bloßen Händen anzugreifen, gefiel ihr nicht besonders.

Statt die Waffe zu benutzen, richtete sie sich vorsichtig auf dem Felsen auf, sah sich noch einmal sichernd nach allen Seiten um — und sprang mit einem federnden Satz in den kleinen Tümpel hinab.

Die drei Sharks wirbelten so schnell herum, wie Net befürchtet hatte, als sie das Geräusch des aufspritzenden Wassers hörten, aber Net war noch schneller als sie. Mit einem einzigen Satz — das Wasser des Tümpels ging ihr kaum bis an die Knie — war sie am Ufer und visierte den vordersten Shark über den Lauf ihrer Waffe hinweg an. »Keine Bewegung!« sagte sie scharf. »Rühr dich, und du bist tot!«

Der Shark erstarrte, und auch seine beiden Kameraden stockten mitten in der Bewegung. Net konnte ihre Gesichter hinter den schwarzen Masken aus Leder und Metall nicht erkennen, aber es war nicht sehr schwer, nachzuempfinden, was sie beim Anblick der Waffe verspüren mochten. Es gab unangenehmere Todesarten, als von einer Springmade zerfetzt zu werden. Aber nicht sehr viele.

»Rührt euch nicht!« sagte sie noch einmal. Vorsichtig stand sie auf, bewegte sich ein paar Schritte nach links und deutete mit der freien Hand auf die Feldflasche, die am Tank einer der Maschinen hing. »Ich will nichts von euch. Nur etwas Wasser. Du da!« Sie machte eine Kopfbewegung zu dem Shark, auf dessen Rücken sie gezielt hatte. »Mach die Flasche voll. Aber vorsichtig.«

Der Shark gehorchte, während die beiden anderen sie weiter schweigend ansahen. »Wer bist du?« fragte der eine schließlich. Seine Stimme drang nur verzerrt unter dem schweren Lederhelm hervor. Und sie klang nicht unbedingt so, als hätte er übergroße Angst vor ihr. »Was soll das Theater? Wenn du wirklich nur Durst hast, dann nimm dir Wasser. Es ist genug da. Kein Grund, mit diesem Ding da herumzufuchteln.«

Net antwortete nicht, und der Shark deutete ihr Schweigen vollkommen falsch. Plötzlich richtete er sich auf, streckte fordernd eine Hand aus und trat einen Schritt auf sie zu. »Gib es her, Kleines, ehe du jemanden verletzt.«

Net hielt sich nicht damit auf, ihm eine Warnung zuzurufen. Sie senkte die Waffe um eine Winzigkeit und drückte ab. Die Springmade jagte mit einem schrillen Geräusch aus dem Lauf und ließ eine mehr als mannshohe Sandfontäne vor den Füßen des Sharks hochspritzen. Als der Staub auseinandertrieb, gähnte ein halbmetergroßer Krater im Sand vor der schwarzen Gestalt.

»Der nächste trifft«, sagte sie kalt. »Verstanden?«

Der Shark nickte.

»Ich will keinen Streit mit euch«, sagte Net noch einmal. »Nur ein wenig Wasser. Und euer Versprechen, mir nicht nachzukommen.« Sie wedelte mit ihrer fast leergeschossenen Waffe, um ihre Worte zu unterstreichen, und deutete dann den Paß hinauf.

»Du . . . du gehörst zu den *Wastelandern*, nicht wahr?« sagte der Shark plötzlich, auf den sie geschossen hatte. Er lachte ganz leise. »Niemand sonst wäre verrückt genug, so etwas zu tun. Du kannst uns trauen.«

»Einem Shark?« Net legte so viel Verachtung in dieses eine Wort, daß der Shark nicht noch einmal versuchte, sie zu überzeugen. »Dann laß es«, sagte er achselzuckend. »Aber wenn du einen guten Rat von mir hören willst, Kleine . . .«

»Will ich nicht«, sagte Net, aber der Shark sprach unbeeindruckt weiter.

». . . dann würde ich heute nacht nicht dort hinaufgehen.« Er deutete auf den Hang. »Könnte ungemütlich werden.«

Seltsam — aber für einen Moment war Net fast überzeugt davon, daß er es ehrlich meinte. Dann zuckte sie mit den Schultern. »Wenn ich deine Hilfe brauchen sollte, lasse ich es dich wissen«, sagte sie. Mit einer herrischen Bewegung wandte sie sich an den anderen.

»Wo bleibt das Wasser?«

Der Shark richtete sich langsam auf, schraubte den Deckel auf die Feldflasche und kam auf sie zu. Als er noch zwei Meter von ihr entfernt war, machte Net eine befehlende Geste mit der Waffe. »Das reicht. Laß sie fallen!«

Der Shark gehorchte.

Für den Bruchteil einer Sekunde folgte Nets Blick dem Sturz der kleinen Feldflasche — und der Shark nutzte seine Chance. Net sah einen Schatten auf sich zufliegen, hörte einen Schrei, den einer der anderen ausstieß, um sie abzulenken, und drückte ganz instinktiv ab.

Sie traf. Der Shark schrie, dann wurde aus seinem Schrei ein irrsinnig hohes, schauerliches Kreischen, und im gleichen Moment prallte er gegen sie. Net versuchte noch zur Seite zu springen, aber es war zu spät. Der Shark starb sofort, aber er riß sie von den Füßen und begrub sie noch im Fallen unter sich. Net schrie auf, rollte sich herum und versuchte den schweren Körper von sich herunterzustemmen. Plötzlich war sie über und über mit Blut besudelt. Ein Gefühl unbeschreiblichen Ekels durchflutete sie.

Dann waren die beiden anderen über ihr. Einer riß den Körper seines toten Kameraden von ihr, der andere packte ihren Arm und zerrte sie so grob auf die Füße, daß sie abermals vor Schmerz aufschrie. Eine Hand aus schwarzem Leder schlug ihr ins Gesicht, und der Schmerz raubte ihr fast das Bewußtsein.

Als sich die blutigen Schleier von ihrem Blick hoben, schwebte das schwarze Ledergesicht des Sharks vor ihr. In seinen Augen glomm die pure Mordlust.

»Miststück!« sagte er und schlug sie wieder. Diesmal gelang es Net, den Kopf ein wenig zur Seite zu drehen, so daß sie dem

Hieb die allergrößte Wucht nahm. Trotzdem stöhnte sie erneut vor Schmerz.

»Worauf wartest du?« fragte der Shark, der sie gepackt hatte. »Schneid ihr die Kehle durch!«

Die Hand des anderen zuckte zum Gürtel, wo er ein Messer trug, aber dann glitt sie wieder zurück. »Ich habe eine bessere Idee«, sagte er kopfschüttelnd.

»Dafür ist keine Zeit«, entgegnete der andere. »Verdammt, wir können morgen so viele Weiber haben, wie wir wollen, aber wenn Skudder hört, was hier passiert ist, dann . . .«

»Das muß er ja nicht, oder?« unterbrach ihn der Shark. »Außerdem meine ich nicht, was du denkst. Nein, die Kleine soll bezahlen. Aber mit einem Messer wäre die Sache zu einfach.« Er lachte böse, drehte sich herum und nahm die Waffe auf, die Net beim Sturz aus der Hand gefallen war. »Sie soll auf die gleiche Weise krepieren wie Den. Laß sie los!«

Der Mann hinter ihr sprang fast erschrocken zur Seite, und Net taumelte. Sie fiel auf die Knie, blieb einen Moment reglos hocken und stand wieder auf. Die Mündung ihrer eigenen Waffe deutete drohend auf ihr Gesicht.

»Na?« sagte der Shark. »Willst du nicht winseln, Kleines?«

»Nein«, antwortete Net. Und sprang auf ihn zu. Der Abzug der leergeschossenen Waffe klickte zweimal rasch hintereinander, und die Augen hinter der schwarzen Ledermaske weiteten sich erstaunt, als der Shark begriff, daß er nur noch ein nutzloses Stück Holz in der Hand hielt. Net ließ ihm keine Zeit, seine eigene Waffe zu ergreifen, sondern trat mit aller Gewalt zu. An eine Stelle, an der auch Sharks besonders empfindlich waren.

Der Shark keuchte, ließ die Waffe fallen und krümmte sich. Ganz langsam und ohne einen Laut sackte er auf die Knie. Eine halbe Sekunde später kippte er nach hinten, als Net ihm das rechte Knie ins Gesicht rammte.

Und damit endete ihre Glückssträhne. Sie hörte ein Geräusch hinter sich, fuhr blitzschnell herum — und sah gerade noch die Faust des dritten Sharks auf ihr Gesicht zurasen.

Der Schlag riß sie von den Beinen. Sie stöhnte, hob schützend die Hände über das Gesicht und krümmte sich voller Qual, als der Shark ihr in die Seite trat. Sie wußte, daß er sie totprügeln würde.

Aber plötzlich ertönte hinter ihr ein helles, metallisches Klicken.

»Aufhören!« sagte eine scharfe Stimme.

Der Shark hielt tatsächlich für einen Moment verblüfft inne. Verwirrt richtete er sich auf, sah sich wild um — und holte zu einem weiteren Tritt aus.

Ein Schuß krachte. Net sah eine handlange, orangerote Feuerzunge aus den Schatten neben sich brechen, und fast im gleichen Sekundenbruchteil spritzte der Sand zwischen den Füßen des Sharks auf.

»Aufhören, habe ich gesagt«, fuhr die Stimme fort. »Oder bist zu schwerhörig, Freund?«

Schritte. Net stemmte sich mühsam auf die Ellbogen hoch, drehte stöhnend den Kopf — und unterdrückte im letzten Moment einen verzweifelten Aufschrei.

Eine große, sehr schlanke Gestalt war aus der Dunkelheit getreten. In der Hand hielt sie ein sonderbar kurzläufiges Gewehr, dessen Mündung drohend auf den Shark gerichtet war.

Aber das war es nicht, was Net fast zur Verzweiflung trieb. Was sie bis ins Mark erschreckte, war die sonderbare Kleidung der Fremden und der sonderbar blasse, fast weiße Teint, der selbst im Feuerschein deutlich zu erkennen war.

Die Götter spielten wirklich ein grausames Spiel mit ihr, dachte sie bitter. Vielleicht würde der Shark ihr nichts mehr tun, aber wenn, dann hatte sie den Teufel mit dem Beelzebub ausgetrieben.

Vor ihr stand eine Tiefe!

2

Es war ein 10 000-Volt-Elektroschock, der ihre Seele traf und irgend etwas darin auslöschte. Sie hatte geglaubt, auf alles vorbereitet gewesen zu sein, und tatsächlich hatte sie sich bemüht, sich alle nur denkbaren Szenarien auszumalen, während sie den Hang hinaufgeklettert war.

Der Weg war schwierig gewesen, aber nichtsdestotrotz der einzige, der ihr sinnvoll erschien. Der Canyon, an dessen Ende das riesige Hangartor lag, war mehrere Meilen lang, und er führte praktisch nirgendwohin, außer zu einer kleinen, kahlen Ebene. Aber sie mußte in die entgegengesetzte Richtung, nach Süden, über den Rücken des Berges hinweg, unter dem sich die Bunkerstation befand.

Und jetzt wünschte sie sich fast, es nicht getan zu haben. Fassungslos starrte Charity auf das Land, das sich im letzten Tageslicht unter ihr ausbreitete. Früher, vor ein paar Ewigkeiten, war diese Gegend eine der fruchtbarsten der Vereinigten Staaten gewesen, aber jetzt . . .

Sie hatte alle denkbaren Möglichkeiten durchgespielt, hatte auch an eine radioaktiv verstrahlte Kraterlandschaft gedacht, aber diese trostlose, braune Ebene, die sich ohne Unterbrechung bis zum Horizont erstreckte, hatte sie sich nicht vorstellen können. Auf dieser verbrannten Erde wuchs nichts mehr; hier und da entdeckte sie häßliche, schwarze Flecken, wo die Erde zu Glas geworden und anschließend geborsten war. Obwohl es bereits dunkelte und die Temperaturen rasch fielen — es mußte Herbst sein, dachte sie automatisch, vielleicht sogar schon Winter —, spürte sie die Hitze, die tagsüber dieses Land zu einem Glutofen machte. *Großer Gott, was war hier passiert?!*

Und plötzlich erinnerte sie sich. An das weißblaue Sonnenfeuer, das immer und immer wieder im Norden aufgeflammt war, an das Grollen und Zittern der Erde, den Brandgeruch, der in der Luft gehangen hatte, und an die brodelnden Pilze aus Flammen und Glut, die die Nacht verschlungen hatten. Mit einiger Verspätung und einem gehörigen Schrecken kam sie auf die Idee, auf ihren Geigerzähler zu sehen. Die Nadel schlug ganz leicht aus; die Radioaktivität war erhöht, aber sie lag nicht im gefährlichen Bereich. Entweder waren die Bomben sehr viel weiter im Norden gefallen, als sie angenommen hatte — oder es war alles sehr lange her.

Sie steckte den Geigerzähler wieder ein, drehte sich einmal im Kreis und beschloß, den Weg weiterzugehen, den sie einmal eingeschlagen hatte. Die Berge sahen aus, wie sie seit zwei- oder dreihundert Millionen Jahren aussahen, aber aufs Geratewohl einfach ins Gebirge hineinzumarschieren, erschien ihr wenig sinnvoll.

Charity hatte noch nicht einmal zwei Schritte gemacht, als sie das Feuer sah.

Es brannte auf halber Höhe des Berges, nicht sehr weit vom ehemaligen Bunkereingang entfernt. Sie erkannte plötzlich das grelle Licht von Scheinwerfern; drei, vier, dann fünf, die eine Weile wie betrunkene Leuchtkäfer um das Feuer herumtanzten und dann den Berg hinunterzutorkeln begannen. Es gab also noch Leben hier. Jemand oder etwas, der jemanden oder etwas suchte, dacht Charity spöttisch. Eine wahrhaft umfassende Lagebeschreibung; aber die einzige, die sie hatte. Seufzend setzte sie sich in Bewegung.

Der Weg den Berg hinauf war schwierig. Sie spürte das Gewicht ihrer Ausrüstung und geriet bald außer Atem. Sie war noch lange nicht wieder in Form. Es wurde dunkel, lange bevor sie das Feuer erreichte, und es war seine sehr sonderbare Nacht: anders als alle, die Charity zuvor erlebt hatte. Der Himmel war unheimlich klar, und die Sterne strahlten ihr fahles Licht auf die Erde herab. Es war sehr still, als wäre alles Leben aus diesem Teil der Berge geflohen.

Sie begann sich vorsichtiger zu bewegen, als sie dem Feuer näher kam. Der Wind trug Stimmen zu ihr heran; also mußten auf dieser öden Welt noch Menschen leben. Trotzdem blieb sie schließlich stehen, sah sich einen Moment suchend um und wich dann vom Weg ab, um sich dem Lager von der Seite her zu nähern. Vorsichtig schlich sie an die Feuerstelle heran.

Vor ihr war ein wildes Handgemenge im Gange. Charity konnte im flackernden Licht der Flammen nicht allzuviel erkennen, aber es schienen drei zu sein — zwei Gestalten in eng anliegenden, schwarzen Ledermonturen, die eine junge Frau gepackt hielten und wütend auf sie einredeten. Eine dritte Ledergestalt lag reglos ein paar Meter daneben.

Charity entsicherte ihre Waffe und sah sich noch einmal um. Was sie erkannte, war derartig bizarr, daß sie sich im ersten Moment ernsthaft fragte, ob sie vielleicht noch träumte. Die beiden Ledergestalten sahen aus wie die Urenkel von Mad Max. Ihre Kleidung war zerfetzt und mit kleinen Fell- und Metallstücken ausgebessert worden, ihre Gesichter verbargen sie unter Lederhelmen, unter denen sie obendrein noch schwarze Masken trugen. Wie um das Bild zu vervollständigen, standen auf der anderen Seite des Feuers drei schwere Motorräder.

Für einen Moment atmete sie erleichtert auf. Wenn es noch Motorräder gab, konnte sie nicht sehr weit in die Zukunft geworfen sein — wenigstens keine achthundertachtundachtzig Jahre, wie der Computer ihres Tanks ihr einzureden versucht hatte. Allerdings sahen die beiden Gestalten nicht gerade vertrauenerweckend aus. Einer der beiden hielt das Mädchen fest, während der andere ihr eine schallende Ohrfeige versetzte.

Charity hob die Waffe ein wenig, zögerte aber noch. Das Mädchen war sehr jung, allerhöchstens zwanzig, mit kurzgeschnittenem, dunklem Haar und einem schmalen, aber energischen Gesicht, und Charity ergriff ganz instinktiv ihre Partei. Aber am Boden lag der reglose — und wahrscheinlich tote! — Motorradfahrer, und es war besser, noch einen Moment zu beobachten, ehe sie sich einmischte.

Einer der beiden Männer hob eine Waffe auf und zielte damit auf das Mädchen, während sich der andere hastig zurückzog. Charity visierte das rechte Bein des Motorrad-Typs durch die Nachtoptik ihrer MP an und krümmte den Zeigefinger um den Abzug.

Aber sie mußte nicht schießen. Das Mädchen war nicht halb so hilflos, wie es bisher ausgesehen hatte. Statt zu fliehen, trat sie fast gemächlich auf den Mann zu — und versetzte ihm einen Tritt zwischen die Oberschenkel. Der Motorradfahrer brach zusammen, aber dann war der zweite heran, versetzte der jungen Frau einen Hieb gegen den Hals und trat ihr in die Seite, als sie stürzte.

Charity trat mit einem entschlossenen Schritt aus ihrer Deckung heraus und ließ den Sicherungshebel ihrer MP bewußt hörbar zurückschnappen. »Aufhören!« sagte sie laut.

Tatsächlich stockte der Motorradfahrer mitten in der Bewegung, aber nur für einen Moment — dann holte er zu einem neuen, noch wütenderen Tritt nach dem gestürzten Mädchen aus. Charity seufzte, zielte kurz und jagte einen einzelnen Schuß genau zwischen seine Füße.

»Aufhören, habe ich gesagt«, sagte sie noch einmal und hörbar schärfer als beim ersten Mal. »Oder bist du schwerhörig, Freund?« Langsam und mit erhobener Waffe trat sie vollends in den Feuerschein, machte eine drohende Bewegung, die den Mann veranlaßte, einen Schritt zurückzuweichen, und beugte sich zu dem Mädchen herab, ohne den Mad-Max-Verschnitt dabei auch nur eine Sekunde aus den Augen zu lassen.

Das Mädchen hatte sich auf die Ellbogen hochgestemmt und

starrte sie an. Aus ihrer aufgeplatzten Unterlippe lief Blut über ihr Kinn. Sie zitterte am ganzen Leib.

»Keine Angst, Kleines«, sagte Charity. »Der tut dir nichts mehr. Alles in Ordnung?« Sie hatte keine Ahnung, ob das Mädchen ihre Worte überhaupt verstand; aber sie hoffte wenigstens, daß sie den beruhigenden Tonfall begriff und das Lächeln, mit dem sie ihre Worte begleitete.

Sie tat es nicht.

Irgend etwas schien gründlich schiefzulaufen, aber das begriff Charity eine halbe Sekunde zu spät. Das Mädchen sprang plötzlich auf, stieß einen kleinen, erschrockenen Schrei aus — und schlug ihr die geballten Fäuste seitlich gegen den Hals.

Charity fiel. Für zwei, drei Sekunden bekam sie keine Luft mehr. Sie stürzte, rollte instinktiv herum und kippte ein zweites Mal nach hinten, als das Mädchen ihr brutal den nackten Fuß ins Gesicht stieß.

Dann, während das Mädchen sich aufrappelte und davonlief, griff der Motorradfahrer an. Charity sah einen riesigen, eisenbeschlagenen Stiefel auf sich zurasen, riß instinktiv die Arme hoch und nahm dem Tritt so wenigstens die ärgste Wucht. Die Ledermaske aber setzte sofort nach. Der Kerl warf sich auf sie. Ein Messer blitzte auf.

Charity griff verzweifelt nach dem Arm des Angreifers, packte ihn und brachte die Messerspitze einen Zentimeter vor ihrem Gesicht zum Halten. Aber sie spürte auch sofort, daß sie der Kraft des Mannes nicht gewachsen war. Das Messer bewegte sich ein Stück zurück, ruckte dann wieder vor und ritzte ihre Wange.

Charity setzte alles auf eine Karte. Statt sich weiter gegen den Messerhieb zu wehren, ließ sie den Arm plötzlich los, drehte blitzschnell den Kopf zur Seite und zog gleichzeitig mit aller Kraft die Knie an den Körper. Die Messerklinge glitt wie ein weißglühender Draht über ihr Gesicht und rammte mit einem klirrenden Laut in den Boden, einen halben Fingerbreit neben ihrem Hals, aber der Angreifer verlor durch den plötzlichen Ruck das Gleichgewicht. Mit einem überraschten Laut glitt er halb von ihr herunter, versuchte mit beiden Händen sein Messer aus dem Boden zu reißen und keuchte vor Schmerz, als Charity sich endgültig losriß und ihm in der gleichen Bewegung den Ellbogen seitlich gegen den Hals schlug.

Sie kam frei. Ihr Hieb hatte den anderen nicht ausgeschaltet, doch er war für einen Moment benommen, lange genug jedenfalls, daß Charity vollends auf die Füße springen und zwei, drei Schritte zurückweichen konnte. Das Mädchen war längst in der Dunkelheit verschwunden, Charity sah aus den Augenwinkeln, wie der zweite Motorradfahrer torkelnd auf die Beine kam. Einen Kampf gegen zwei dieser Männer gleichzeitig würde sie kaum durchstehen. Nicht in dem Zustand, in dem sie war.

Sie fuhr herum, nahm einen Schritt Anlauf und sprang. Der Mann in Leder riß instinktiv die Arme hoch, in einer Bewegung, die Charity ziemlich drastisch klarmachte, daß ihm ihre Art zu kämpfen keineswegs fremd war, aber er war noch ein wenig benommen, und seine Abwehr kam der Bruchteil einer Sekunde zu spät.

Charitys Füße krachten gegen seine Brust und ließen ihn zurücktaumeln. Mit wild rudernden Armen prallte er gegen eines der Motorräder, riß es um und fiel rücklings über die Maschine. Ein keuchender Schmerzlaut drang unter seinem Lederhelm hervor.

Charity war blitzschnell wieder auf den Beinen und bei ihm. Ihre Handkante traf seinen Hals mit aller Kraft, die sie aufbringen konnte. Der Mann stöhnte, verdrehte die Augen und verlor endgültig das Bewußtsein. Charity richtete sich blitzschnell wieder auf, fuhr herum — und erstarrte.

Der zweite Motorradmann hatte ihre eigene Waffe aufgehoben und zielte damit auf sie. Die Mündung der Miniatur-MP deutete genau auf ihre Brust. Charity sah, wie sich sein Finger ein wenig krümmte.

Aber der Schuß, auf den sie wartete, fiel nicht. Statt dessen glühte über dem Lauf der MP ein kleines, rubinrotes Auge auf, und auf Charitys Brust erschien ein münzgroßer, roter Lichtfleck. Der Mann blinzelte erstaunt, blickte fassungslos auf die

Waffe herunter und drückte noch einmal auf den Auslöser des Laserzielgerätes statt auf den Abzug.

Charity wartete nicht, bis er die Mechanik der ihm fremden Waffe ergründet hatte. Mit einem einzigen Satz war sie bei ihm, schlug ihm die MP aus der Hand und fegte ihn mit einem Tritt in die Kniekehlen von den Beinen. Als er stürzte, bückte sie sich nach der MP, wartete fast gemächlich, bis er sich wieder aufrichten wollte — und schlug ihm den Kolben in den Nacken. Nicht heftig genug, um ihn umzubringen, aber genug, ihm ein paar Stunden Schlaf und mächtige Kopfschmerzen zu bescheren. Blitzschnell richtete sie sich auf, drehte sich einmal um ihre Achse und schwenkte die Waffe hin und her.

Aber es war niemand mehr da, auf den sie schießen konnte.

Es dauerte eine Weile, bis Charity begriff, daß es vorbei war. Und daß es beinahe *endgültig* vorbei gewesen wäre. Diesmal hatte sie nur Glück gehabt. Hätte der Ledermann nicht zufällig den falschen Knopf gedrückt . . .

Sie ließ sich erschöpft gegen den Sattel einer der beiden Harleys sinken. Alles drehte sich um sie herum. Ihr Herz hämmerte, und in ihrem Mund war plötzlich ein Geschmack, als müsse sie sich übergeben. Der kurze Kampf hatte sie völlig ausgelaugt.

»Mein Gott«, flüsterte sie müde. »Ein Königreich für ein Zauberschwert und ein fliegendes Pferd.«

»Also«, sagte eine Stimme hinter ihr, »über das Zauberschwert können wir sprechen, aber wo ich ein fliegendes Pferd hernehmen soll, das weiß ich auch nicht so genau.«

Irgendwo in der Dunkelheit hinter ihr raschelte es. Charity fuhr hoch, riß die Waffe herum und schaltete den Lasersucher ein. Der fingernagelgroße rote Punkt huschte über Felsen und dürres Geäst und blieb auf einem faltigen Gesicht hängen, das große Ähnlichkeit mit einem alten Scheuerlappen hatte. »Nicht schießen!« quäkte ein dünnes, sehr erschrockenes Stimmchen. »Ich gehöre nicht zu den Sharks!«

Charity löste mit der Linken die Taschenlampe vom Gürtel, schaltete sie ein und richtete den Strahl auf die Gestalt, die hinter ihr aus den Büschen getreten war. Ihr Schrecken schlug in

Staunen und Verwirrung um. Der Mann war . . . eine Witzfigur, die irgend jemand zum Leben erweckt hatte.

Sein Gesicht war faltig und hatte einen unnatürlichen, fahlen Teint. Unter einer gewaltigen, weit vorgewölbten Stirn, die in eine makellos glänzende Glatze überging, blinzelten sie zwei winzige Äuglein hervor an, in denen nicht der kleinste Schimmer von Weiß war. Seine Nase sah so aus, als hätte jemand kräftig darauf herumgetrampelt, und der Mund des Mannes war dünn und spitz, die Lippen so hell, daß sie fast durchscheinend wirkten. Dahinter grinsten Charity die schlechtesten Zähne an, die sie jemals gesehen hatte. Alles in allem war dieser Schädel riesig, während der Körper des Fremden klein und spindeldürr war. Der Mann trug einen bis auf den Boden reichenden Umhang aus braunen und grauen Fetzen, aus dem nur seine Hände hervorragten. Sehr magere, fast graue Hände.

Das Scheuerlappengesicht verzog sich zu einer Grimasse. »Verdammt, tu das Licht weg«, quäkte der Fremde, während er auf einen der bewußtlosen Motorradfahrer deutete. »Willst du, daß ihre Kumpel dich sehen und herkommen?«

Charity schaltete hastig die Lampe aus und überwand endlich ihren Schrecken. »Wer sind Sie?« fragte sie.

Der Zwerg antwortete nicht, sondern kam mit kleinen, trippelnden Schritten näher, wodurch er in den Lichtschein des Feuers geriet und Charity ihn genauer betrachten konnte. Neugierig beugte er sich über einen der bewußtlosen Motorradfahrer, stieß ihn unsanft mit dem Fuß an und nickte, als keine Reaktion erfolgte.

»Saubere Arbeit«, sagte er anerkennend. »Aber du solltest sie töten, solange du es noch kannst. Sie werden nicht erfreut sein, wenn sie aufwachen.«

Charity ignorierte seine Worte. »Wer sind Sie?« fragte sie noch einmal.

»Wer ich bin?« Das graue Gesicht verzog sich zu etwas, das sein Besitzer wohl für ein Lächeln halten mochte. »Wo kommst du her, Süße, daß du noch nie von mir gehört hast? Aber egal — ich habe jedenfalls lange niemanden mehr getroffen, der so sauber mit den Sharks aufgeräumt hat wie du.«

»Das ist keine Antwort«, sagte Charity ärgerlich. Sie hob drohend die Waffe, aber der Zwerg schien ganz genau zu wissen, daß sie nicht vorhatte, sie zu benutzen. Er grinste noch breiter, kam mit trippelnden Schrittchen näher und verbeugte sich übertrieben tief vor ihr.

»Gestatten Sie, daß ich mich vorstelle, schöne Unbekannte?« flötete er. »Mein Name ist Abn El Gurk Ben Amar Ibn Lot Fuddel der Vierte, Besorgungen aller Art, Informationen, Schwarzmarktware und Waffen, Drogen und Mietkiller gegen Aufpreis. Stets zu Diensten.«

Charity starrte Abn El Sowieso verblüfft an und fragte sich, ob sie das alles vielleicht nicht nur träumte.

»Meine Freunde nennen mich einfach nur Gurk«, fuhr der Kauz fort. »Und du gehörst natürlich dazu. Wer die Sharks so aufmischt wie du, den habe ich lieber zum Freund als zum Feind.«

»Aha«, sagte Charity.

Abn El Gurk Ben Amar Ibn Lot Fuddel der Vierte, Besorgungen aller Art, Informationen, Schwarzmarktware und Waffen, Drogen und Mietkiller gegen Aufpreis, lächelte wissend, wurde aber dann sehr schnell wieder ernst. »Du solltest hier verschwinden, Liebling«, sagte er. »Die Schüsse sind bestimmt meilenweit gehört worden. In ein paar Minuten dürfte es hier von Sharks wimmeln.«

Charity blickte erschrocken zu den drei reglosen Gestalten herüber. »Es gibt noch mehr solche Typen?« Die Lichter, die sie gesehen hatte, fielen ihr ein, noch ehe Gurk antwortete.

»Klar«, sagte der Gnom. »Wenn ich du wäre, würde ich mich verpissen, ehe sie hier sind. Es sei denn, du hast eine überzeugende Erklärung für das, was hier passiert ist.« Er seufzte. »Ist allerdings nicht einfach, einem arschgesichtigen Shark überhaupt irgend etwas zu erklären.«

Charity unterdrückte ein Grinsen. Gurks Ausdrucksweise war nicht unbedingt druckreif, aber sehr treffend. Und wahrscheinlich hatte er recht. Es würde schwierig werden, mit diesen Mad-Max-Imitatoren fertig zu werden.

»Verschwinde«, sagte Gurk noch einmal. »Hätte mich gerne

noch ein bißchen mit dir unterhalten, aber ich bin auch nicht scharf darauf, die Sharks zu treffen. Wenn du mal was brauchst, dann wende dich an mich.«

»Und wie?« fragte Charity amüsiert. »Ich nehme nicht an, daß du im Telefonbuch stehst.«

»Frag einfach nach mir«, rief Gurk. »Hier kennt mich jeder.« Er wandte sich zum Gehen, dann zögerte er noch einmal. »Und noch einen Rat«, sagte er, »ausnahmsweise sogar kostenlos: Halte dich aus dem Norden fern. Dort wimmelt es von Sharks.«

Charity sah ihm nach, bis er in der Dunkelheit verschwunden war. Sie war irgendwie verwirrt, aber auch amüsiert. Dabei glaubte sie keinen Augenblick, daß dieser El Gurk auch nur halb so harmlos war, wie er aussah. Aber sie glaubte auch zu spüren, daß er es ehrlich meinte.

Und so ganz nebenbei, dachte sie, hatte er verdammt recht mit seiner Warnung. Sie hatte die Scheinwerfer ja selbst gesehen, es gab noch mehr dieser Motorradtypen (Wie hatte Gurk sie genannnt? Sharks?) Sie sollte sehen, daß sie wegkam.

Sie drehte sich um, machte ein paar Schritte vom Feuer weg und blieb dann noch einmal stehen. Nachdenklich betrachtete sie die drei rostzerfressenen Harleys, ging dann wieder zurück und schraubte die Ventile aus den Reifen von zweien. Außerdem schüttete sie eine Handvoll Sand in ihre Tanks. Die dritte Maschine ließ sie unbeschädigt.

Sie fühlte sich nicht besonders sicher, als sie in den Sattel des riesigen Motorrad-Ungetümes stieg. Der Schlüssel steckte. Die Maschine sprang sofort an, als sie den Starter betätigte. Das dumpfe Grollen mußte meilenweit zu hören sein. Und sie war nicht einmal sicher, daß sie mit dem Ding zurechtkam. Aber irgendwie hatte sie das ungute Gefühl, zu Fuß nicht allzuweit zu kommen.

Entschlossen legte sie einen Gang ein und gab Gas.

Als es ihr endlich gelungen war, die schwere Maschine wieder aufzurichten und zum zweiten Mal in den Sattel zu klettern, fuhr sie sehr viel vorsichtiger an.

Skudder holte blitzschnell aus. Der Schlag war so hart, daß Reg taumelte und das Gleichgewicht verlor. Hätten ihn zwei der anderen nicht aufgefangen, wäre er gestürzt.

»Idiot«, sagte Skudder kalt. Sein Gesicht blieb bei diesen Worten völlig unbewegt, und auch seine Stimme klang eigentlich nicht drohend; nicht einmal besonders erregt. Aber der Schein trog. Alle, die ihn kannten, hätte diese vermeintliche Ruhe eher gewarnt.

Reg rappelte sich mühsam hoch, schüttelte wütend das halbe Dutzend Arme ab, das ihn stützte, und wischte sich mit dem Handrücken das Blut vom Kinn. Skudders Schlag hatte seine Unterlippe aufplatzen lassen. Aber in seinen Augen war nur Angst, als er Skudder ansah. »Es war nicht unsere Schuld, Skudder«, sagte er.

»Nicht eure Schuld, so?« wiederholte Skudder kalt. Er bedachte Reg und den neben ihm stehenden Garth mit einem Blick, der die beiden zusammenzucken ließ, und schüttelte spöttisch den Kopf. »Natürlich war es nicht eure Schuld«, fuhr er fort, aber nun in eindeutig sarkastischem Ton. »Ich hätte wissen müssen, daß ihr überfordert seid, nicht wahr.« Zornig ballte er die Faust. In seinen Augen blitzte es. »Verdammt, ich schicke acht meiner besten Männer los, um eine Frau zu fangen, und was passiert? Einer von ihnen läßt sich umbringen, und weil das allein ja noch nicht reicht, verliert ihr auch noch drei Maschinen? Bin ich eigentlich nur von Idioten umgeben, oder habt ihr nur vergessen, eure Gehirne mitzunehmen?!«

Garth senkte betreten den Blick, aber in Regs Augen regte sich so etwas wie Trotz. »Du hast gesagt, wir sollen eine Frau einfangen«, antwortete er. »Aber das war keine Frau, das . . . das war eine Wildkatze!« stieß er erregt hervor. »Die Kleine war bis an die Zähne bewaffnet, und sie hat gekämpft wie ein Mann!«

Skudder bedachte Regs Gesicht mit einem sehr langen, abfälligen Blick. »Das sieht man«, sagte er spöttisch. »Gegen euch alle drei zugleich, nehme ich an.«

»Ja«, sagte Reg, lächelte unsicher und verbesserte sich fast sofort. »Das heißt, eigentlich nicht. Sie hat erst Garth fertiggemacht und dann mich. Ich hatte keine Chance.«

»Und da waren noch die *Wastelander*«, fügte Garth hinzu. Skudder entging der rasche, fast beschwörende Blick nicht, den er mit Reg tauschte. »Davon wußten wir auch nichts.«

»Du kannst uns nicht für einen Hinterhalt verantwortlich machen, von dem wir nichts wußten«, fuhr Reg fort.

»*Wastelander?*« Skudder ignorierte Regs letzten Satz. »Wie viele?«

Reg wirkte plötzlich sehr unsicher, und Skudder wußte, daß er log, als er antwortete: »Ich . . . ich weiß nicht genau. Fünf oder sechs, vielleicht. Vielleicht auch ein paar mehr oder weniger.«

»Vielleicht auch nur einer?« sagte Skudder freundlich. Reg schwieg.

»Wie hat er ausgesehen?« fuhr Skudder fort. »Wo ist er hergekommen?«

»Es war ein Mädchen«, antwortete Garth, ohne ihn anzusehen. »Fast noch ein Kind. Ist wie aus dem Nichts aufgetaucht und hat Den erschossen.«

Zumindest das, dachte Skudder ärgerlich, schien der Wahrheit zu entsprechen. Die Männer hatten Dens Leichnam mitgebracht, und er hatte ihn sich sehr gründlich angesehen. Er war eindeutig mit einer Madenwaffe erschossen worden, die nur die *Wastelander* benutzten. Eine widerwärtige Art zu sterben.

»Und dann?« fuhr er fort.

Garth sah weg und begann unruhig mit der Stiefelspitze auf dem Boden zu scharren, während Regs Blick unruhig herumirrte, als suchte er verzweifelt nach einem Fluchtweg. »Wir haben uns die Kleine natürlich geschnappt«, antwortete er zögernd. »Aber Garth hatte sie kaum gepackt, als die andere auftauchte und ihn von hinten niederschlug.«

»Und du hast seelenruhig dabei zugesehen«, vermutete Skudder.

Regs Gesicht verdunkelte sich vor Zorn. »Nein«, fauchte er. »Ich bin auf sie los, aber . . .«

»Er hatte keine Chance, Skudder«, sagte Garth, als Reg nicht weitersprach. »Das war nicht die ahnungslose Frau, die wir schnappen sollten. Die Kleine war eine ausgebildete Nahkämpferin.«

Skudder starrte Garth einen Herzschlag an, aber er schluckte die wütende Antwort herunter, die ihm auf der Zunge lag. An der Geschichte der beiden war irgend etwas faul, das spürte er. Wahrscheinlich hatten sie mehr getan,als sich die *Wastelanderin* nur zu schnappen, wie Reg es ausgedrückt hatte, und wahrscheinlich hatte Charity Laird sie nicht nur durch einen reinen Zufall so vollkommen überrumpeln können. Aber immerhin — Den war tot, Regs rechte Schulter gebrochen und Garth' Gesicht sah aus, als hätte jemand darauf Stepptanzen geübt. Ganz egal, ob sie nun abgelenkt waren oder nicht — das war nicht das Werk einer total verstörten, hilf- und ahnungslosen jungen Frau, die sie hatten einfangen sollen. Wütend ballte er die Faust.

»Okay«, sagte er. »Verschwindet, ihr Nieten. Laßt euch verarzten, und dann seht zu, daß ihr irgendwo neue Maschinen auftreibt. Bis ihr welche gefunden und fertiggemacht habt, dürft ihr in der Küche mithelfen. Aber begrabt zuerst Den«, fügte er hinzu.

Die beiden sagten kein Wort mehr, sondern drehten sich hastig herum und verschwanden. Skudder gab auch den übrigen Männern ein Zeichen, ihn allein zu lassen. Er legte sorgfältig den Riegel hinter ihnen vor und verließ das Zimmer durch eine andere Tür. Über eine kurze Betontreppe, deren drei untersten Stufen geborsten waren, gelangte er in einen kleinen Keller. Der Raum war vollgestopft mit Gerümpel, Kisten und Truhen. An den Wänden hingen Waffen — angefangen von einer modernen Maschinenpistole, deren letzte Munition er vor mehr als einem Jahr verschossen hatte, bis hin zu Pfeil und Bogen und einem reichverzierten, handgearbeiteten Tomahawk, der weitaus effektiver war als eine leergeschossene MP. Zumindest in der Hand eines Mannes, der damit umgehen konnte. Und Skudder konnte.

Wie immer, wenn er hier herunterkam, fiel sein Blick fast automatisch auf die altertümlichen Waffen an der Wand, blieb einen Moment auf einem gewaltigen, bunten Federschmuck hängen, der seine Sammlung krönte, und wanderte dann zu dem kleinen Tischchen vor der gegenüberliegenden Wand. Der Tisch bestand aus verchromtem Metall. Es gab auch nicht sehr viele, die von seiner Existenz wußten und von dem modernen Fernsehempfänger, der darauf stand.

Skudder streckte die Hand aus, berührte den einzigen, roten Knopf, der die Seitenwand des Monitors unterbrach, und wartete geduldig, bis die Mattscheibe zu flimmern begann. Ein leises Rauschen drang aus dem Gerät, dann ein an- und abschwellender Pfeifton, der Skudder heute so sehr wie beim allerersten Mal schaudern ließ, als er ihn gehört hatte.

Anders als sonst mußte er nur wenige Augenblicke warten, bis der weiße Schnee auf der Mattscheibe einem Bild wich. Gleichzeitig richtete sich die kleine Optik der mit dem Empfänger gekoppelten Kamera auf sein Gesicht. Skudder wußte, daß er nun irgendwo — wo immer das sein mochte — auf einem ähnlichen Bildschirm zu sehen war, während auf seinem Monitor wie gewohnt nur das verschlungene, flammendrote ›M‹ Morons erschien.

»Skudder?« Trotz der schlechten Empfangsqualität erkannte er einwandfrei Daniels Stimme. Anders als sonst mußte er nicht erst geholt werden. Skudder vermutete, daß er schon lange und sehr ungeduldig neben dem Empfänger gesessen und auf Skudders Ruf gewartet hatte. Er hörte auch deutlich die Erregung in Daniels Stimme.

»Habt ihr sie?«

Skudder schwieg einen Moment, dann schüttelte er den Kopf. »Nein«, sagte er.

Fünf Sekunden Schweigen. Dann: »Was soll das heißen — nein?«

»Sie ist meinen Leuten . . . entkommen«, antwortete Skudder zögernd.

»Entkommen?« Daniel schrie fast. »Du hast . . .«

»Ich habe«, unterbrach ihn Skudder ärgerlich und mit leicht erhobener Stimme, »acht meiner besten Männer losgeschickt. Sie hat einen getötet und zwei andere niedergeschlagen. Ich bin froh, daß die übrigen noch leben.« Er schwieg einen ganz kurzen Moment. »Sie hätten mir sagen müssen, wie gefährlich diese Frau ist«, fügte er hinzu.

Daniel schwieg eine ganze Weile, und als er endlich weitersprach, klang er zu Skudders Überraschung kaum noch zornig, sondern beinahe amüsiert. »Das ist typisch Captain Laird«, murmelte er. »Ich hätte es wissen müssen. Trotzdem . . .« Der Tonfall änderte sich wieder und wurde befehlend und kalt wie gewohnt. ». . . ihr müßt sie einfangen. Und nach Möglichkeit lebend.«

»Einfangen?« Skudder lachte ganz leise. »Wie stellen Sie sich das vor? Sie hat eine unserer Maschinen gestohlen. Sie kann überall sein.«

»Dann sucht sie!« befahl Daniel barsch. »Du hast genug Männer.«

Skudder schnaubte. »Hören Sie!« sagte er erregt. »Ich brauche eine Armee, wenn ich die Ebene nach einem einzelnen Menschen durchkämmen soll. Und selbst, wenn wir sie . . .«

»Das mit der Armee ist eine gute Idee«, unterbrach ihn Daniel kalt. »Ich könnte dir eine schicken, Skudder. Willst du das?«

Er sprach nicht weiter, aber Skudder überhörte die kaum verhohlene Drohung nicht, die in seinen Worten mitschwang. Ein Gefühl hilfloser Wut machte sich in ihm breit. Aber er widersprach nicht mehr, sondern schüttelte nur stumm den Kopf.

»Gut«, fuhr Daniel fort. »Dann haben wir uns verstanden. Du hast zweiundsiebzig Stunden, Captain Laird zu finden. Ach — und noch etwas«, fügte er spöttisch hinzu. »Wenn du sie findest, paß auf dich auf, ja? Sie ist gefährlich.«

Das rote ›M‹ auf dem Bildschirm erlosch, aber Skudder starrte die flimmernde Mattscheibe noch sehr lange an, ehe er sich wütend vorbeugte und das Gerät ausschaltete. Irgendwann, dachte er grimmig, würde er es Daniel heimzahlen. Wer immer er sein mochte.

3

Charity hatte das Gebirge verlassen, und das Wunder, auf das sie gehofft hatte, war tatsächlich eingetreten: Obwohl sie mehrmals die grellen Scheinwerfer gesehen hatte und ihr einmal eine der Maschinen fast bis auf Sichtweite nahe gekommen war, hatte man sie nicht entdeckt — was aber wohl daran lag, daß die Sharks sie für einen der ihren gehalten haben mußten. Charity hatte sich nach überraschend kurzer Zeit an das Motorrad gewöhnt. Außerdem hatte sie sich Gurks Rat zu Herzen genommen; statt nach Norden lenkte sie die Harley nach Süden, in die gewaltige Ebene hinein, die sie von der Höhe des Passes aus gesehen hatte. Sie fuhr eine gute Stunde — die letzten vierzig Minuten mit ausgeschaltetem Scheinwerfer —, ehe sie es wagte, die Maschine anzuhalten und sich einen Lagerplatz für die Nacht zu suchen.

Sie verbarg die Maschine sorgfältig, suchte sich einen überhängenden Felsen und rollte sich darunter zum Schlaf zusammen; allerdings nicht, ohne ihre Waffe griffbereit neben sich zu legen und den Körperschild des Anzuges einzuschalten. Zumindest die zweite Vorsichtsmaßnahme erwies sich als berechtigt. Sie wachte in der Nacht nicht auf, aber am nächsten Morgen sah sie im Sand neben sich eine Anzahl kleiner Klauenabdrücke. Etwas war in der Nacht gekommen, hatte sich einen gehörigen elektrischen Schlag geholt und sich wieder getrollt.

Beim ersten Licht des neuen Tages fuhr sie weiter, nachdem sie auf einen der Felsen geklettert und eine Weile vergeblich nach Verfolgern Ausschau gehalten hatte. Sie war durstig, und doch wagte sie es noch nicht, den knappen Wasservorrat in ihrer Feldflasche anzugreifen. Sie schätzte, daß es kaum später als sechs Uhr morgens war, aber die Sonne brannte bereits unbarmherzig vom Himmel. Der Tag würde sehr heiß werden.

Zum Glück hatte sie wenigstens genügend Treibstoff. Die Harley verfügte über zwei große, jeweils dreißig Liter fassende Reservetanks, die die Stelle der früheren Packtaschen einnahmen. Sie würde ungefähr sechshundert Meilen mit diesem Ding fahren können. Theoretisch. Praktisch kam sie nicht einmal zwanzig Meilen weit, ehe ihre Fahrt zum ersten Mal unterbrochen wurde.

Zuerst war es nur ein winziger dunkler Punkt, der vor ihr auf dem Horizont auftauchte, ein schwarzes Etwas, das mit sonderbar starren Bewegungen vorwärts krabbelte. Aber aus dem einen Punkt wurden zwei, dann fünf, und schließlich waren es so viele, daß Charity es aufgab, sie zählen zu wollen. Sie nahm Gas weg und ließ die Harley über die flachen Hügel rollen. Die schwarzen Punkte auf dem Horizont wuchsen ganz langsam heran. Und obwohl Charity sie immer noch nicht richtig erkennen konnte, bekam sie ein ziemlich mulmiges Gefühl. Eine sonderbare Erinnerung blitzte in ihren Gedanken auf und erlosch sofort wieder.

Sie entschloß sich anzuhalten. Ächzend stemmte sie die Maschine auf den Ständer, kletterte umständlich auf den Sattel und löste den Feldstecher von ihrem Gürtel. Aus den drei oder vier Dutzend ameisengroßen Punkten wurde eine riesige Armee elefantengroßer braunschwarzer Giganten, die vor ihr über die Ebene zog. Charitys Hände krampften sich so fest um das Glas, als sie begriff, womit sie es zu tun hatte: Es waren keine Ameisen, aber die Assoziation war gar nicht so falsch gewesen. Die Tiere ähnelten gigantischen, sechsbeinigen Käfern, deren Rückenpanzer im Licht der Morgensonne wie polierter Stahl glänzte. Aus den riesigen Schädeln stachen gewaltige Zangen, und selbst über die große Entfernung hinweg glaubte Charity das boshafte Funkeln zu erkennen, das in ihren buntschillernden Facettenaugen glomm. Trotz ihrer fast absurden Größe bewegten sich die Tiere erstaunlich schnell und in fast militärischer Präzision. Aber das war kein Zufall. Im Nacken jedes dieser Gigantenkäfer hockte eine dürre, glänzende Gestalt, die an einen mittelalterlichen Ritter in einer schwarzen Rüstung erinnerte. Nur daß diese Reiter statt zwei vier Arme besaßen.

Mehr erschüttert als erschrocken setzte Charity den Feldstecher ab, fuhr sich nervös mit der Hand über das Gesicht und blickte dann erneut zu der grotesken Karawane hinüber. Sie war ein wenig näher gekommen, aber wenn sie ihren Kurs nicht plötzlich änderte, bestand kaum Gefahr. Sie würde meilenweit an ihr vorübermarschieren.

Diese schrecklichen Kreaturen sah sie nicht zum ersten Mal; weder die titanischen Käferdinger noch ihre Reiter. Sie hatte gegen sie gekämpft, sie war vor ihnen geflohen, sie hatte ein paar von ihnen erschossen und sie hatte mit angesehen, wie ihre Kameraden von diesen Ungeheuern in Stücke gerissen worden waren, aber selbst die Erinnerung an diese schrecklichen Szenen berührten sie kaum. Alles, was sie fühlte, war Entsetzen.

Charity taumelte wie unter einem Schlag. Mit letzter Kraft schaffte sie es, vom Sattel der Harley herunterzuspringen und sich taumelnd neben der Maschine in den Sand sinken zu lassen. Ihre Finger hatten plötzlich nicht einmal mehr die Kraft, das Fernglas zu halten. Und jetzt, fast vierundzwanzig Stunden nach ihrem Erwachen, schlug die Erinnerung mit aller Macht zu. Sie waren da! Vor ihr, nur ein paar Meilen entfernt, und zu real, um sie weiter aus ihren Gedanken zu verdrängen. Plötzlich begriff sie, warum sie wirklich hier war, daß es sie nicht wie eine weibliche Ausgabe Robinson Crusoes einfach an die Ufer eines fremden Landes verschlagen hatte, sondern daß sie geflohen war, geflüchtet aus einer Welt, die unter dem Ansturm einer Armee menschenfressender Insektenmonster aus dem Weltraum auseinanderbrach, geflohen vor dem Ansturm einer fremden, unbegreiflichen Macht, die die Zivilisation der Erde mit unbegreiflichen Mitteln und aus unerfindlichen Gründen einfach niederwalzte. *Sie waren hier. Hier!* Egal, wie weit sie in die Zukunft geflohen war, Charity begriff ganz plötzlich, daß es nicht mehr ihre Welt war, in der sie sich befand, sondern daß sie den Außerirdischen gehörte, ein . . . ein Planet der Ungeheuer, auf dem die Menschen allerhöchstens noch geduldet waren.

Die Karawane der Ungeheuer schob sich langsam von Westen nach Osten über den Horizont und verschwand schließlich. Aber es verging noch mehr als eine Stunde, bis Charity die Kraft fand, sich wieder in den Sattel der Harley zu ziehen und weiterzufahren.

Gegen Mittag fand sie die Farm. Sie war nur noch eine ausgebrannte Ruine, und sie hätte sie wahrscheinlich übersehen, hätte sie nicht alle zwanzig oder dreißig Minuten haltgemacht, um sich mit dem Fernglas umzuschauen. In den Gebäuden rührte sich nichts, und doch hatte sie das vage Gefühl, dort auf Menschen zu treffen.

Sie fuhr weiter, umkreiste die Farm einmal in sicherem Abstand und lenkte das Motorrad schließlich auf das ehemalige Wohnhaus zu. Auch in diesem Gebäude hatte ein Feuer getobt, aber wenigstens stand das Dach noch, während die Schuppen und Ställe der Farm nicht einmal mehr baufällig waren; es waren Trümmer, die wie das Skelett eines verkohlten Riesentieres aussahen. Wo früher ein Getreidesilo gestanden haben mußte, gähnte ein breiter Krater, auf dessen Grund sich schmutziges Wasser zu sammeln begonnen hatte.

Charity überblickte diese düstere Szenerie, ohne das Wohnhaus auch nur einen Moment aus den Augen zu lassen. Langsam näherte sie sich dem Gebäude, hielt fünf Meter vor der

Treppe an und ließ den Motor der Harley noch zwei-, dreimal aufbrüllen, ehe sie abstieg; falls sich dort Menschen verbargen, sollten sie nicht glauben, daß sie sich etwa anpirschen wollte. Sie kam in friedlicher Absicht.

Charity stieg ab, entfernte sich ein paar Schritte von der Maschine und sah weiter aufmerksam zum Haus hinüber. Hinter der geschwärzten Eingangstür rührte sich nichts, aber Charity glaubte, Blicke zu spüren, die sich auf sie richteten.

Und ihr Gefühl täuschte sie nicht. Im Haus blieb es weiter still, aber hinter sich vernahm sie plötzlich ein Poltern, und als Charity sich herumdrehte, stand sie einem kleinwüchsigen, grauhaarigen Mann gegenüber, der aus der Ruine des heruntergebrannten Schuppens trat. In seiner Hand lag eine kleine Waffe, die drohend auf ihr Gesicht zielte.

Charity hob ganz langsam die Hände, versuchte sich zu einem Lächeln zu zwingen und trat einen Schritt auf den Grauhaarigen zu. Sofort machte der Mann mit der Waffe eine bedrohliche Handbewegung.

»Sie brauchen keine Angst zu haben«, sagte sie, sehr langsam und übermäßig betont, damit er ihre Worte auch verstand, aber er antwortete nicht, sondern starrte sie nur weiter aus seinen dunklen, tiefliegenden Augen an. Er war eine Handbreit kleiner als sie, aber von sehr kräftigem Wuchs, und seine Haut war so sonnenverbrannt, daß sie sich im ersten Moment nicht einmal sicher war, einem Weißen gegenüberzustehen. Sein Haar war strähnig und begann vor der Zeit auszufallen, und auf seinen Wangen glänzten Bartstoppeln. Seine Hände waren über und über mit kleinen, weißen Narben bedeckt, und seine Kleider bestanden eigentlich nur noch aus Fetzen.

»Verstehen Sie mich?« fragte sie, als der Grauhaarige noch immer schwieg.

Er nickte, sagte aber auch jetzt noch kein Wort, sondern kam näher, wobei er ihr mit Gesten zu verstehen gab, ein Stück vom Motorrad wegzugehen. Charity gehorchte.

Hinter ihr polterte es abermals, und als sie vorsichtig den Kopf drehte, sah sie, daß die Haustür geöffnet worden war. Zwei Gestalten traten heraus — ein dunkelhaariger Mann, jung genug, um der Sohn des Grauhaarigen sein zu können, und eine schlanke Frauengestalt. Es war das Mädchen, das sie am Abend zuvor vor den Sharks gerettet hatte.

»Das ist sie!« sagte das Mädchen heftig. »Ich bin ganz sicher. Schieß sie nieder, Dad!«

Charity zuckte zusammen und drehte sich hastig wieder herum. Zum Glück schien Dad nicht ganz so blutrünstig zu sein wie seine undankbare Tochter, denn er schoß nicht; aber er senkte die Waffe auch nicht, sondern kam drohend näher, und er machte eine befehlende Geste. Charity verstand, was er wollte. Fast behutsam legte sie ihre beiden Waffen vor sich in den Sand, zog unaufgefordert auch noch ihr Messer aus dem Gürtel, legte es daneben und hob wieder die Hände.

»Ich bin nicht ihr Feind«, sagte sie gepreßt. »Ich weiß nicht, was Ihre Tochter Ihnen erzählt hat, aber ich . . .«

»Halt den Mund«, unterbrach sie der Grauhaarige. Mit einer unwilligen Geste scheuchte er sie zurück, stellte sich mit gespreizten Beinen über die beiden Gewehre und musterte abwechselnd sie und das Motorrad. Charity hatte plötzlich das Gefühl, daß es ein Fehler gewesen sein mochte, die Maschine zu stehlen. Nach allem, was sie gestern erlebt hatte, schienen die Sharks nicht unbedingt zu den beliebtesten Zeitgenossen zu gehören.

»Lassen Sie es mich erklären«, sagte sie. »Ich . . .«

»Was gibt es da zu erklären?« unterbrach sie das Mädchen erregt. »Schau sie dir an! Du weißt, wer sie ist. Und sie fährt eine Maschine der Sharks.«

»Und außerdem wärst du jetzt ziemlich tot, wenn sie dir nicht geholfen hätte, du dumme Kuh«, mischte sich eine dritte, quäkende Stimme ein, die Charity vage bekannt vorkam. Verwirrt drehte sie sich herum — und sog überrascht die Luft zwischen den Zähnen ein, als sie den Zwerg mit dem riesigen Kahlkopf entdeckte, der hinter dem Mädchen aus dem Haus getreten war.

»Gurk!«

»Ihr kennt euch?« In Dads Augen blitzte es mißtrauisch auf, und Charity glaubte, schon wieder einen Fehler gemacht zu haben.

»Ja«, sagte Gurk. »Wir haben uns gestern abend gesehen — ein paar Minuten, nachdem diese Frau, der deine bescheuerte Tochter so gerne den Hals abschneiden möchte, ihr das Leben gerettet hat.«

»Sie ist eine Tiefe!« behauptete das Mädchen aufgebracht.

»Ach?« machte Gurk. »Woher weißt du das? Hast du schon einmal eine gesehen?«

»Ich . . . nein«, gestand das Mädchen kleinlaut, aber nur, um eine Sekunde später wütend hinzuzufügen: »Aber ich weiß auch, wie . . .«

»Du weißt gar nichts, Net«, fiel ihr Gurk ins Wort. »Ohne sie wärst du jetzt tot. Und um ein Haar hätte man sie umgebracht, weil du dich so überaus dankbar erwiesen hast. Und die Maschine«, fügte er mit einer Kopfbewegung auf die Harley hinzu, »hat sie den Sharks geklaut, nachdem sie die beiden Typen fertiggemacht hat, die dich in die Mangel genommen hatten.« Zornig wandte er sich an Dad. »Nimm endlich die Waffe herunter. Sie steht auf unserer Seite.«

Diesmal gehorchte Dad wirklich, wenn auch erst nach neuerlichem, sehr langem Zögern. Allerdings schien es mit seinem Vertrauen nicht weit her zu sein, denn er bückte sich rasch nach Charitys Waffen, hängte sie sich über die Schultern und deutete Charity dann, ins Haus zu gehen.

»Bob«, rief er dem jungen Mann zu, »bring die Maschine in den Schuppen. Und du, Net«, fügte er mit erhobener Stimme hinzu, als das Mädchen abermals etwas sagen wollte, »bist jetzt still. Wir unterhalten uns drinnen weiter.«

Net verstummte tatsächlich. Aber der Blick, den sie Charity zuwarf, sprühte förmlich vor Zorn. Charity schenkte ihr das freundlichste Lächeln, das sie im Moment zustande bringen konnte, und ging an ihr vorbei ins Haus.

Drinnen war es schattig und kühl und überraschend sauber. So heruntergekommen das Haus von außen aussah, so wohnlich war der einzige, große Raum. Offenbar hatten Dad und seine Familie von überall halbwegs brauchbare Möbel zusammengetragen, aber alles wirkte doch irgendwie geschmackvoll. Unter den zugenagelten Fenstern an der gegenüberliegenden

Wand standen vier niedrige Betten, und über der Feuerstelle im Kamin, die jetzt allerdings erloschen war, war eine Art Gitterrost angebracht worden, der verriet, daß sie jetzt zum Kochen diente.

Dad deutete befehlend auf den wuchtigen Tisch, der in der Mitte des Zimmers stand. »Setz dich«, sagte er. »Hast du Hunger?«

Charity nickte, dann schüttelte sie den Kopf und setzte sich. »Nur Durst«, gestand sie.

»Das ist kein Wunder«, murmelte Dad. »Ein ziemlicher Wahnsinn, am hellen Tage mit einem Motorrad über die Ebene zu fahren. Hattest du keine Angst, einer Heuschrecke zu begegnen?«

Nein, das hatte Charity nicht — vor allem deshalb nicht, weil sie keine Ahnung hatte, worum es sich bei der Art von Heuschrecke handeln mochte, von der Dad sprach. Sie antwortete nicht.

Draußen vor dem Haus heulte der Motor der Harley auf. Eine Sekunde später erfolgte ein dumpfer Aufprall, gefolgt von einem Schwall wütender Flüche. Charity lächelte still in sich hinein. Offensichtlich hatte Bob versucht, das Motorrad zu starten.

Dad wandte sich an das Mädchen. »Geh und sag Mom Bescheid, daß wir Besuch haben. Sie soll Essen machen.«

»Du solltest Sie umlegen«, sagte Net haßerfüllt.

»Reizend«, sagte Charity lächelnd. »Wirklich reizend, Ihre Tochter.«

Net funkelte sie noch einmal zornig an und verschwand dann ohne ein weiteres Wort, und Dad nahm auf der anderen Seite des Tisches Platz. Charitys Lasergewehr und die MP lehnte er neben sich an den Stuhl, während die eigenartige Waffe, mit der er auf sie gezielt hatte, vor ihm auf dem Tisch liegenblieb. Charity wartete darauf, daß er irgend etwas sagte, ihr Fragen stellte oder auch von sich aus zu erzählen begann, aber er schwieg weiter. Gurk, der hinter ihnen das Haus betreten hatte, zog sich scharrend einen Stuhl heran, kletterte umständlich hinauf; auch er blickte sie nur an und schwieg. Charity begann sich immer unbehaglicher zu fühlen.

Schließlich kehrte Net zurück, aber sie war nicht allein. In ihrer Begleitung befanden sich Bob und eine vielleicht fünfzigjährige Frau mit streng zurückgekämmtem schwarzen Haar und einem scharfgeschnittenen Gesicht, die ihre Mutter sein mußte. Während die Frau zum Kamin ging und schweigend einige Scheite auf die Asche legte, nahmen Net und ihr Bruder rechts und links neben ihrem Vater Platz.

Schließlich verlor Charity die Geduld. »Wenn Sie fertig damit sind, mich anzustarren, Dad, dann können wir vielleicht reden«, sagte sie. »Ich habe nämlich ein paar Fragen an Sie.«

»Und wir an dich.« Es war Bob, der antwortete, nicht Dad.

»Okay«, sagte Charity. »Fang an.«

»Wer bist du, wenn du nicht zu den Sharks gehörst?« fragte Bob. »Und wo kommst du her?«

Charity seufzte. Eine wahrhaft intelligente Frage, aber immerhin ein Anfang. »Ich bin Captain Charity Laird«, antwortete sie. »Offizier der U.S. Space Force.«

Bobs Blick bewies ihr eindeutig, daß ihm diese Worte rein gar nichts sagten, und Dad bestätigte ihre Vermutung, indem er nachhakte: »Was soll das sein, U.S. Space Force? Und wieso hast du drei Namen?«

»Ich habe . . .« begann Charity, brach mit einem Kopfschütteln ab und setzte dann in sanfterem Ton neu an. »Sie können mich einfach Charity nennen, Dad. Und die Space Force ist . . .« Sie suchte nach Worten. »So etwas wie die Armee, in der ich diene.«

»Armee?« In Dads Augen funkelte es mißtrauisch, und auch Net und ihr Bruder sahen sie argwöhnisch an. »Du bist eine Kriegerin?«

»So könnte man es nennen«, sagte Charity. »Aber es ist nicht ganz richtig. Ich . . . ich komme von sehr weit her.«

»Und was willst du hier?« Die Frage kam blitzschnell. Charity wußte, daß sie jetzt keine falsche Antwort geben durfte, wollte sie nicht in noch größere Schwierigkeiten geraten.

»Zuerst einmal nur Informationen«, sagte sie vorsichtig. »Ich bin völlig fremd hier. Ich weiß weder, wo ich bin, noch wer Sie sind, noch wer diese Sharks waren . . .« Sie sah Net an, die peinlich berührt zusammenzuckte. ». . . denen ich gestern Abend begegnet bin.«

»Dann mußt du wirklich von sehr weit herkommen«, sagte Dad. »Du stellst Fragen wie jemand, der gerade vom Himmel gefallen ist.«

Das ist nicht ganz falsch, dachte Charity düster. Aber sie hütete sich, diesen Gedanken laut auszusprechen.

Dad deutete auf den Gnom, der das kurze Gespräch aufmerksam verfolgt hatte. »El Gurk behauptet, daß man dir trauen kann«, sagte er. »Aber ich weiß nicht, ob ich Gurk trauen kann.«

»Solange du mich bezahlst, schon«, sagte Gurk trocken. »Es sei denn, es kommt einer, der mehr zahlt.« Seine nachtschwarzen Augen ließen Charity erschaudern. Jetzt, da sie ihn das erste Mal im Tageslicht sah, wirkte er noch unheimlicher als in der vergangenen Nacht. Seine Augen waren tiefschwarz, als seien sie überhaupt nicht menschlich.

Ein Geräusch hinter ihr ließ sie aufblicken. Mom war vor dem Kamin auf die Knie gefallen und versuchte, mit Hilfe eines Reibeholzes ein paar Späne zu entzünden. Charity schüttelte den Kopf, stand wortlos auf, trat neben sie und ließ ihr Feuerzeug aufschnappen. Die kleine Gasflamme leckte gierig an den trockenen Blättern, die Mom unter das Feuerholz gestopft hatte, und setzte sie augenblicklich in Brand.

Als sie zum Tisch zurückkam, starrte nicht nur Dad sie aus weit aufgerissenen Augen an. Auch auf Bobs Gesicht malte sich ein Ausdruck ungläubigen Staunens, ja fast Schreckens ab.

»Glaubt ihr es jetzt?« fragte Net leise. »Ich habe euch gesagt, sie ist eine verdammte Tie. . .«

»Halt endlich den Mund«, unterbrach sie Dad, nicht einmal sehr laut, doch Net verstummte augenblicklich. Dad starrte Charity weiter sehr durchdringend an, und sie konnte regelrecht sehen, wie es hinter seiner Stirn arbeitete. Dann entspannte sich sein Gesicht.

»Ganz egal, was du bist«, sagte er. »Du hast Net das Leben gerettet. Wir schulden dir Dank. Du kannst bleiben. Und deine Fragen werde ich beantworten.«

Sie redeten sehr lange. Moms Essen war ausgezeichnet, und Charity kam wieder zu Kräften. Sie erzählte vorsichtig von sich, wobei sie allerdings mit Bedacht sehr vage blieb, um nicht zuviel von sich zu verraten. Sie selbst erfuhr eine Menge über Dads Familie und die Welt, in der sie lebten. Die vier gehörten zu einer Gruppe von Menschen, die sich selbst *Wastelander* nannten und wie Nomaden umherzogen. Sie kamen oft zu dieser Farm zurück, die sie sich im Laufe der Jahre hergerichtet hatten, aber meistens hielten sie sich in der großen Ebene auf. Sie lebten von dem, was das Schicksal ihnen schenkte — ein wenig Jagd, ein wenig Sammeln, ein wenig Diebstahl, wobei es allerdings einen strengen Ehrenkodex gab, daß ein *Wastelander* niemals einen anderen bestahl. Aber es zogen oft Karawanen über die Ebene, und es schien nicht besonders schwer zu sein, sich an sie anzuschleichen und ihnen Wasser oder Essen zu stehlen. Die Fremden schienen überall zu sein, und Dads Worte ließen keinen Zweifel daran, daß sie die Herren des Planeten waren. Wie es jenseits der Ebene aussah, wußte niemand der vier. Die *Wastelander* mieden die Außerirdischen nach Möglichkeit, diese wiederum ließen die *Wastelander* in Ruhe — solange sie sie nicht bei irgendwelchen Diebstählen erwischten. Net war am vergangenen Abend in die Berge geflohen, weil sie von einem Trupp Reiter gejagt worden war, wie Dad die gigantischen Käferwesen nannte. Charity erinnerte sich schaudernd an die Armee, die sie am Morgen durch das Fernglas gesehen hatte. Beinahe gegen ihren Willen empfand sie so etwas wie Achtung vor Net, als sie den beiläufigen Ton registrierte, in dem das Mädchen über ihre Flucht sprach.

Leider erfuhr sie sehr wenig darüber, wie es auf dem Rest dieses Planeten aussah. Dad und seine Frau waren in dieser Gegend geboren worden, ihre Eltern waren *Wastelander* gewesen wie sie, und auch ihre Kinder würden es wieder werden und diese trostlose Einöde wahrscheinlich niemals verlassen — was Charity ganz und gar nicht verstand.

»Aber habt ihr denn nie versucht, von hier wegzugehen?« fragte sie ungläubig.

»Weggehen?« Dad nippte an dem bitter schmeckenden Tee,

den Mom ihnen nach dem Essen bereitet hatte, und schüttelte den Kopf. »Aber wieso denn?« fragte er verwundert.

»Um . . . um . . .« Charity breitete hilflos die Hände aus, erntete einen schadenfrohen Blick von Gurk und sagte: »Um eure Lage zu verbessern, zum Beispiel. Das Leben hier muß ziemlich hart sein.«

»Das ist es«, bestätigte Dad ungerührt. »Aber wir leben, und wir wissen auch, daß wir wahrscheinlich morgen noch leben, wenn wir ein bißchen aufpassen.«

»Und das ist anderswo nicht so?«

»Woher sollen wir das wissen?« fragte Net scharf. »Wir waren niemals woanders. Warum nicht? Wir haben zu essen, und die Reiter lassen uns in Frieden. Manchmal gibt es Ärger mit den Sharks, aber meistens werden wir mit ihnen fertig.«

»Gestern abend schien das anders zu sein«, sagte Charity.

Net fuhr zusammen und senkte für einen Moment den Blick. Aber sie fing sich schnell wieder. »Okay«, sagte sie. »Ich war in den Bergen, und die Berge sind ihr Gebiet. Hier in der Ebene hätten sie mich nie gekriegt.«

Das klang nicht ganz überzeugend, aber Charity hielt es für besser, es dabei zu belassen. Sie hatte nichts davon, Net in Verlegenheit zu bringen.

»Außerdem kommst du doch von außerhalb«, fuhr das Mädchen aggressiv fort. »Du solltest uns sagen können, wie es dort aussieht.«

Charity seufzte. »Anders«, sagte sie ausweichend. »Aber auch nicht sehr viel besser, wenn ich ehrlich sein soll.« Sie seufzte erneut, sah Net, ihren Vater und die beiden anderen der Reihe nach an und fügte hinzu: »Ehrlich gesagt — ich bin vor ihnen geflohen. Sie haben mein . . . mein Land auch überfallen.«

»Und besiegt«, vermutete Dad. »Deine Armee . . .«

»Wurde geschlagen, ja«, sagte Charity. »Wir haben uns gewehrt, aber . . .«

»Morons Heerscharen sind unbesiegbar«, sagte Dad ruhig. »Das weiß jeder. Gibt's noch andere Krieger?«

»Ich glaube nicht«, antwortete Charity. »Nein, ganz

bestimmt sogar. Ich denke, ich bin die einzige, die es geschafft hat.« Sie dachte an Stone und überlegte einen Moment, ihnen von ihm zu erzählen, verwarf den Gedanken aber fast sofort wieder. Stone war längst fort, und wahrscheinlich längst tot. Wäre er vor ihr hiergewesen, hätte Dad davon gewußt. Ihre Situation kam ihr immer grotesker vor. Sie saß hier, trank Tee und redete mit ihm, als wäre sie eine Fremde, die gerade vom Mond gekommen war. Dabei wußte sie viel besser als er, was *wirklich* passiert war.

Aber sie versuchte nicht, ihn aufzuklären. Seine Welt war fremd und bizarr und wahrscheinlich sehr gefährlich, aber sehr klein und überschaubar. Der Gedanke an einen Schlaf, der Jahre oder vielleicht auch Jahrhunderte gedauert hatte, hätte nicht in sein Weltbild gepaßt.

»Wie lange ist es schon her?« fragte sie vorsichtig.

»Her?« Dad sah sie verwundert an. »Was?«

»Der Angriff«, erklärte Charity. »Ich meine, wann . . . wann sind sie gekommen?«

»Gekommen?« Dad blinzelte.

»Moron«, sagte Charity. »Die Reiter.«

»Ich verstehe nicht. Du . . .« Plötzlich hellte sich sein Gesicht auf. »Oh, du denkst, sie hätten uns auch überfallen?« Er schüttelte den Kopf. »Nein, nein, das ist ein Irrtum. Sie waren schon immer hier. Wenigstens so lange, wie ich mich erinnern kann.«

Charity lächelte müde. »Welches Jahr schreiben wir?«

Dad zuckte gleichmütig mit den Achseln. »Wir schreiben nicht auf, wie viele Jahre vergangen sind«, antwortete er. »Wozu? Eines ist wie das andere. Mein Vater und mein Großvater waren *Wastelander.* Welchen Nutzen hat es, sich zu merken, wie viele Jahre vergangen sind?«

Charity hob hastig ihre Tasse und trank, um Dad nicht zu zeigen, wie sehr sie seine Antwort entsetzte.

»War das bei euch anders?« erkundigte sich Bob.

Charity nickte. »Ja. Wir . . . wir haben die Jahre gezählt.«

»Aber das ist völlig sinnlos«, sagte Net.

Charity wollte eigentlich gar nicht antworten, aber irgend etwas brachte sie dazu, ihre Tasse abzustellen und das Mädchen anzusehen. »Wir zählen nicht nur die Jahre, wir zählen auch die Tage und die Stunden«, antwortete sie.

»Und wozu?«

Charity seufzte. »Manchmal ist es ganz praktisch, weißt du? Wenn ich sage, daß ich fortgehe und in zwei Stunden wieder hier bin, dann mußt du zum Beispiel nicht die ganze Zeit herumstehen und auf mich warten, sondern bist pünktlich zur vereinbarten Zeit wieder am Treffpunkt.«

»Woher soll ich genau wissen, wann zwei Stunden vorüber sind?« fragte Net. »Niemand kann das so genau schätzen.«

»Ich schon«, widersprach Charity heftig. Nets Fragerei begann ihr auf die Nerven zu gehen. Aber schließlich war sie selbst schuld. »Ich kann dir sogar sagen, wann eine Minute vorüber ist. Man kann es messen. Mit einer Uhr.« Sie hob den Arm und streifte die Jacke zurück, damit das Mädchen ihre Armbanduhr sehen konnte. »Siehst du? Bis auf den Augenblick genau. Ich bin jetzt genau seit vier Stunden und zweiunddreißig Minuten bei euch.«

Net beugte sich neugierig vor, betrachtete das Ziffernblatt der Uhr interessiert und ließ sich wieder zurücksinken. »Trotzdem ist es nutzlos«, sagte sie stur. »Und gefährlich.«

Gefährlich? Charity sah sie verwirrt an, aber sie verzichtete darauf, eine Frage zu stellen. Es gab Wichtigeres zu klären.

»Dabei fällt mir ein, daß ich nicht mehr allzu lange bleiben kann«, fuhr sie in bewußt beiläufigem Ton fort. »In welche Richtung muß ich fahren, wenn ich auf andere Menschen treffen will?«

»Nur ein paar Meilen nach Norden«, sagte Gurk grinsend, »und schon bist du bei den Sharks.«

Charity schenkte ihm einen giftigen Blick und wandte sich an Dad. »Es gibt doch außer den Sharks und euch sicher noch andere?«

»Du fährst heute nirgendwo mehr hin«, bestimmte Dad, statt ihre Frage zu beantworten. »Es wird bald Nacht. Die Ebene ist für dich zu gefährlich. Trotz deiner Waffen.«

»Und morgen früh?« sagte Charity, womit sie sein Angebot, hier zu übernachten, stillschweigend annahm.

Dad überlegte einen Moment, dann zuckte er mit den Achseln. »Andere Menschen? Sicher, es gibt sie. Aber . . . im Norden sind die Sharks, im Osten die Berge und im Süden und Westen die große Ebene. Was dahinter liegt, weiß ich nicht.«

Charity stöhnte auf. Aus diesen Leuten würde sie nichts herausbringen. Doch plötzlich fiel ihr etwas ein, das sie die ganze Zeit über hatte fragen wollen und aus einem ihr selbst unbegreiflichen Grund einfach *vergessen* hatte.

Mit einem fragenden Blick wandte sie sich an Net. »Gestern nacht«, sagte sie. »Wie hast du mich da genannt? Eine Tiefe? Wer soll das sein?«

»Es gibt eine Legende«, sagte Gurk sehr hastig.

»Das ist keine Legende!« fuhr Net den Gnom an. »Es gibt sie! Jedermann weiß das!«

Gurk zog eine Grimasse und wollte etwas entgegnen, aber Charity gebot ihm mit einer ärglichen Handbewegung zu schweigen.

»Ein anderes Volk, so wie eures?« erkundigte sie sich.

»Sie sind nicht wie wir!« widersprach Net heftig. »Sie sind . . .« Sie suchte nach Worten. »Sie töten«, sagte sie schließlich. »Sie sind wie du. Tragen sonderbare Kleider und reden Dinge, die niemand versteht, und sie haben auch Waffen wie du. Und sie töten jeden, der in ihr Gebiet kommt.«

»Und wo liegt dieses Gebiet?« fragte Charity erregt.

»Sie leben unter der Erde. Irgendwo in den Bergen«, antwortete Net. »Da, wo ich dich getroffen habe. Deswegen dachte ich ja, du wärst eine von ihnen. Vielleicht bist du es ja.«

»Unsinn!« unterbrach sie Gurk aufgebracht. »Du und deine Tiefen! Hirngespinste sind das. Niemand hat sie je gesehen, oder?«

»Das hat man doch!« rief Net aufgebracht. »Sonst wüßte man ja nicht, daß es sie gibt, oder?«

Charity wurde plötzlich sehr nachdenklich.

Charity war Dad und seiner Familie im nachhinein sehr dankbar dafür, die Nacht bei ihnen verbringen zu können; aber sie lehnte Nets Angebot ab, das Bett mit ihr zu teilen, und zog es vor, in dem Schuppen zu schlafen, in dem Bob ihre Maschine versteckt hatte. Äußerlich eine Ruine, verbarg sich hinter dem feuergeschwärzten Tor ein großer, wohlbestückter Lagerraum, in dem die *Wastelander* alle möglichen Gegenstände aufbewahrten, die sie von ihren Streifzügen mitgebracht hatten. Bei einer Menge Dinge konnte sich Charity beim besten Willen nicht vorstellen, was sie damit anfangen wollten — wie zum Beispiel einem halben Dutzend beschädigter Fernsehempfänger oder einer ganzen Kiste voller kleiner, silberfarbener CD-Platten —, aber vermutlich konnte man gerade in einer solchen Welt einfach *alles* gebrauchen.

Charity war sehr müde, obwohl es noch früh war, doch auch die *Wastelander* hatten sich schon zur Ruhe begeben. Bob hatte ihr ein Lager aus Decken und Kleidungsstücken bereitet, auf das sie sich beinahe sofort ausstreckte.

Trotzdem fand sie keinen Schlaf. Zu viel ging ihr durch den Kopf, zu viele Fragen waren nicht beantwortet worden. Alles war so . . . so *anders,* als sie es sich vorgestellt hatte. Nicht, daß sie irgendeine auch nur halbwegs klare Vorstellung von dem gehabt hätte, was sie erwarten mochte, aber sie wußte zumindest, was sie *nicht* erwartet hätte: nämlich eine postatomare Wüstenlandschaft, in der die wenigen Überlebenden von motorradfahrenden Mad-Max-Imitatoren terrorisiert wurden.

Sie lag lange wach, grübelte und starrte die rußgeschwärzte Decke über sich an, ohne das Durcheinander hinter ihrer Stirn ordnen zu können. Draußen wurde es dunkel, und mit der Nacht drangen sonderbare Geräusche zu ihr herüber.

Schließlich — sie sah auf ihre *überflüssige* Uhr und stellte fest, daß gute zwei Stunden vergangen waren, seit sie sich hingelegt hatte — stand sie wieder auf, hängte sich ihre MP über die Schulter und verließ die Scheune.

Es war kalt geworden. Der Mond stand als riesige, runde Scheibe am Himmel und überschüttete die Ebene mit silbernem Licht, in dem sich die Schatten wie finstere Schluchten abhoben. Der Wind trug sonderbar beunruhigende Laute herüber.

Nervös drehte Charity sich einmal um ihre Achse, stellte erleichtert fest, daß sie allein war, und lehnte sich gegen das Scheunentor. Vor ihr erstreckte sich die Ebene, und auf der anderen Seite erhoben sich die Berge, aus denen sie gestern abend erst geflohen war.

Und zu denen sie zurückkehren würde, dachte sie. Morgen, sobald die Sonne aufging. Sie hatte Angst davor, aber gleichzeitig wußte sie auch, daß sie keine andere Wahl hatte.

Ihr Blick fiel auf einen kleinen mattglänzenden Gegenstand, der neben der Tür im Staub lag. Sie hob ihn auf und erkannte im schwachen Mondlicht, daß es sich um eine der Waffen handelte, die sie schon einmal bei Net gesehen hatte — ein gut zwanzig Zentimeter langer, klobiger Stab aus Holz, der sehr schwer war und keine sichtbare Öffnung hatte. Als sie ihn in der Hand drehte, spürte sie ein schwaches Vibrieren, als bewege sich etwas in seinem Inneren.

»Ich würde das weglegen, wenn ich du wäre«, sagte ein dünnes Stimmchen hinter ihr.

Charity schrak zusammen, drehte sich herum und blinzelte überrascht auf Gurk herab, der wie aus dem Nichts hinter ihr aufgetaucht war. Aber sie verbiß sich die Frage, wie zum Teufel er das geschafft hatte.

»Und ich wäre sehr vorsichtig damit«, fügte Gurk hinzu.

»So?« sagte sie nur.

Gurk streckte die Hand aus, nahm ihr den Stab aus den Fingern und schob ihn mit einer ganz und gar *unvorsichtigen* Bewegung unter seinen Gürtel. »Eine primitive Waffe, aber trotzdem ziemlich effektiv«, sagte er. »Der Stab ist hohl, weißt du? In seinem Inneren sind nur ein paar Springmaden.«

»Was ist das?«

Gurk grinste. »Ein paar niedliche kleine Tierchen. Sie stammen von einem Planeten, dessen Namen ich lieber nicht auszusprechen versuche. Ich habe keine Lust, mir die Zunge zu verknoten. Sie sind immer hungrig, weißt du? Wenn du auf den Auslöser drückst, dann wird eine von ihnen freigelassen und stürzt sich auf das erstbeste warmblütige Lebewesen, das es wittert. Sie sind ekelhaft schnell. Und ihr Gift wirkt auf der Stelle.«

Er zog eine Grimasse. »Ich muß mit Dad reden. Irgendwann wird noch ein Unglück passieren, wenn Net ihre Waffen weiter einfach so herumliegen läßt.«

Er legte den Kopf schräg und sah Charity nachdenklich an. »Ich weiß, was du denkst«, sagte er.

»So?«

Gurk nickte. Seine dürre Greisenhand deutete auf die Berge im Osten. »Das Mädchen redet Unsinn«, sagte er, in einem sehr ernsten, fast schon besorgten Tonfall, den Charity an ihm noch nicht kannte. »Es ist eine Legende.«

»Woher willst du das wissen?« fragte Charity. Sie hatte eigentlich gar keine Lust, sich mit dem Gnom zu unterhalten, aber sie wollte ihn auch nicht zu brüsk abfertigen.

»Du kannst mir glauben«, sagte Gurk, ohne ihre Frage direkt zu beantworten. »Die Tiefen sind eine Legende.«

»Es ist wohl auch eine Legende, daß diese Welt einmal den Menschen gehört hat, wie?« sagte Charity sarkastisch, aber zu ihrer Überraschung schüttelte Gurk nur den Kopf. Seine gewaltige Größe ließ die Bewegung absurd aussehen; so, als wolle sein Schädel jeden Moment einfach von dem viel zu dürren Hals herunterfallen.

»Nein«, sagte er. »Das ist die Wahrheit.«

»Du weißt . . .«

»Ich bin kein kleingeistiger *Wastelander,*« sagte Gurk beleidigt. »Ich weiß eine Menge. Ich weiß zum Beispiel auch, daß du nicht aus irgendeinem Land kommst, das sie überfallen haben.« Er lachte leise und deutete mit der Hand in den Himmel hinauf. »Woher kommst du wirklich? Von dort? Oder aus der Vergangenheit?«

Diesmal war Charity ehrlich überrascht. Sie schwieg eine ganze Weile, und Gurk schien deutlich zu spüren, mit wieviel Mißtrauen sie seine Frage plötzlich wieder erfüllte, denn er fügte hinzu:

»Keine Angst, Charity. Abn Gurk Ben Amar Ibn Lot Fuddel der Vierte ist kein Spion Morons. Ich kann im Gegensatz zu Dad und den anderen zwei und zwei zusammenzählen. Es gibt nur diese zwei Möglichkeiten.«

»So?« sagte Charity lauernd.

Gurk nickte heftig. »Ich komme viel herum«, sagte er. »Ich habe eine Uniform wie die, die du da trägst, schon gesehen. Und auch Waffen wie deine. Aber die waren verdammt alt. Deine sehen aus, als wären sie nagelneu.«

»Vielleicht sind sie es«, sagte Charity.

»Woher kommst du?« fragte Gurk noch einmal. Charity antwortete nicht, und nach einer Weile gab er es auf und zuckte mit den Schultern. »Na ja, geht mich auch nichts an. Ich dachte nur, du wärst ein bißchen dankbarer, nach allem, was sich für dich getan habe. Aber die Dankbarkeit ist wohl aus der Mode gekommen.« Er seufzte. »Egal. Jedenfalls solltest du dir den Gedanken aus dem Kopf schlagen, in die Berge zurückzugehen. Die Sharks werden dich kriegen. Und wenn nicht sie, dann die Reiter. Ich glaube, sie suchen dich.«

»Ein Grund mehr, die Tiefen zu finden«, antwortete Charity.

Gurk seufzte übertrieben. »Es gibt sie nicht, verdammt noch mal«, sagte er heftig. »Sie sind eine Legende, mehr nicht.«

»Für mich klingt Nets Beschreibung nicht nach einer Legende«, antwortete Charity gleichmütig. »Eher nach Überlebenden, die es irgendwie geschafft haben, sich in Sicherheit zu bringen.«

Gurk starrte sie an, dann schüttelte er erneut den Kopf. »Das glaubst du nur, weil du es glauben willst«, behauptete er. »Du rennst in dein Verderben, wenn du wirklich in die Berge zurückkehrst. Du solltest nach Süden gehen. Die Ebene ist groß, aber mit der Maschine kannst du es schaffen, wenn du ein bißchen Glück hast.«

»Und dann? Was soll ich dort im Süden?«

»Überleben«, antwortete Gurk ernsthaft. »Dazu bist du doch hier, oder?«

»Und was finde ich dort?« erwiderte Charity. »Dad hat gesagt, daß . . .«

»Dad weiß nicht alles«, unterbrach sie Gurk ungehalten. »Die Ebene ist groß, aber sie reicht nicht bis ans Ende der Welt. Es sind zwei Tage mit deiner Maschine, allerhöchstens zweieinhalb.«

»Bis wohin?« fragte Charity, aber Gurk schwieg. »Wenn du das alles so genau weißt, warum hast du dann vorhin nichts davon erzählt?«

Gurk lachte hart. »Warum sollte ich? Glaubst du, ich tue denen einen Gefallen, wenn ich ihnen erzähle, daß es hinter der Ebene ein Land gibt, in dem sie besser leben können?« Er schüttelte heftig den Kopf. »Mit der Wahrheit würde ich sie umbringen. Sie würden losziehen und irgendwo zugrunde gehen. Der Weg ist gefährlich, und das, was hinter der Ebene liegt, noch gefährlicher. Tödlich für einen *Wastelander.* Du kannst es schaffen. Vielleicht.«

»*Was* schaffen?« fragte Charity ungeduldig. »Was liegt hinter der Ebene, Gurk?«

»Was zahlst du?« sagte Gurk anstelle einer Antwort.

Sekundenlang starrte Charity ihn verstört an, ehe sie begriff. Dann schlug ihre Verwirrung in Zorn um. Wütend streckte sie die Hand aus und versuchte Gurk zu packen, verfehlte ihn aber, weil er mit einer erstaunlich behenden Bewegung zur Seite auswich. »Du kleine, gierige Ratte!« sagte sie drohend. »Du . . .«

»Was willst du?« unterbrach sie Gurk. »Jeder muß leben, nicht? Ich lebe von Informationen — und davon hast du schon genug bekommen, ohne zu bezahlen. Du willst wissen, was hinter der Ebene liegt? Ich weiß es. Also bezahle mich.«

Charity schluckte die wütende Antwort herunter, die ihr auf der Zunge lag. Irgendwie konnte sie Gurk sogar verstehen; was ihren Ärger aber kaum dämpfte.

»Was verlangst du?« fragte sie gepreßt.

Gurk deutete, ohne zu zögern, auf die MP über ihrer Schulter. »Die Waffe da.«

Charity lachte böse. »Die kannst du haben«, sagte sie drohend. »Zwischen die Zähne. Vergiß es.«

Gurk war nicht sonderlich enttäuscht, sondern zuckte nur abermals mit den Schultern. »Einen Versuch war es wert«, sagte er. »Aber gut — gib mir dein Feuerding, und ich verrate dir, wie du die Ebene überwinden kannst. Und was dahinter liegt.«

Für einen Moment war Charity fast versucht, seinem Vorschlag zu folgen. Schließlich — es war nur ein billiges Einwegfeuerzeug, ein Plastikding, das sie für ein paar Cent . . .

Sie erkannte den Fehler in diesem Gedanken gerade noch rechtzeitig, um die Hand wieder zurückzuziehen, die sie schon nach der Tasche ausgestreckt hatte. »Nein«, sagte sie. Sie drehte sich um, blickte wieder zu den Bergen hinüber und versuchte, sich Nets Worte ins Gedächtnis zurückzurufen. »Sie tragen Kleider wie ich«, murmelte sie. »Und haben Waffen wie ich. Und sie leben unter der Erde . . .«

Die Worte waren nicht für Gurk bestimmt gewesen, aber er antwortete trotzdem. »Du bist verrückt. Sie werden dich einfach umbringen. Glaubst du, die Leute hier haben umsonst solche Angst vor ihnen? Sie sind tausendmal schlimmer als die Sharks!«

»Ach?« fragte Charity lauernd. »Woher weißt du das? Ich denke, es gibt sie gar nicht?«

Gurk zog eine Grimasse. »Und selbst wenn«, sagte er trotzig. »Du findest sie niemals. Ihr Versteck ist zu gut. Nicht einmal die Sharks haben es geschafft, sie aufzuspüren.«

Charity lächelte. »Und wenn ich nun genau wüßte, wo sie sind?« fragte sie.

Gurk sperrte Mund und Augen auf und starrte sie an. »Du . . . du weißt . . .«

»Ich denke schon«, antwortete Charity ruhig. »Jedenfalls weiß ich, wo ich nach ihnen suchen muß.«

»Wo?« fragte Gurk erregt. »Wo sind sie? Verrate es mir!«

»Gerne«, erwiderte Charity freundlich, drehte sich herum und ging wieder in die Scheune. Aber bevor sie die Tür direkt vor Gurk zuwarf, rief sie ihm noch zu: »Sobald wir uns über den Preis geeinigt haben, den dir diese Information wert ist.«

4

Zwei oder drei der ärmlichen Hütten brannten noch immer, als Skudder und Raoul die Siedlung erreichten. Der Wüstenwind trieb die Qualmwolken bereits auseinander, die ihnen im Verlaufe der letzten Stunde den Weg gewiesen hatten. Skudder sah ein halbes Dutzend Maschinen, die auf dem ehemaligen Dorfplatz abgestellt waren, und ein paar andere, die den jenseitigen Ausgang der Schlucht blockierten.

Seine Leute hatten die Siedlung ausgelöscht. Raoul und er hatten fast ein Dutzend Leichen gesehen, zwei von ihnen trugen das schwarze Leder der Sharks. Die *Wastelander* hatten sich verzweifelt zur Wehr gesetzt, aber natürlich hatten sie keine Chance gehabt. Das Dorf war regelrecht ausradiert worden. Skudder glaubte nicht, daß auch nur einer seiner Bewohner überlebt hatte.

Der Anblick erfüllte ihn mit hilflosem Zorn. Er hatte ein Dutzend *Wastelander* getötet, seit er die Führung der Sharks übernommen hatte, und fast ebenso viele seiner eigenen Leute, aber der Anblick des geschleiften Dorfes machte ihm zu schaffen. Diese ganze Aktion war eigentlich sinnlos und überflüssig gewesen.

Mit einem wütenden Tritt auf die Bremse brachte er die Maschine in der Dorfmitte zum Stehen, kippte sie auf den Ständer und sprang aus dem Sattel. Ein paar der Männer — die, die nicht damit beschäftigt waren, die Toten auszuplündern — kamen zögernd näher, und Skudder erkannte erst jetzt, daß es Kinks Gruppe war, die dieses Gemetzel angerichtet hatte.

Wortlos stieß er einen der Männer aus dem Weg, ging mit mächtigen Schritten auf Kink zu und riß ihn grob an der Schulter herum. Kink knurrte wütend; sein Gesicht verzerrte sich zu einer Grimasse, und er ballte die Faust. Dann erkannte er Skudder und ließ die Hand wieder sinken. Skudder bedauerte fast, daß Kink nicht zugeschlagen hatte. Dann hätte er ihm die Lektion erteilen können, die er schon lange verdiente.

»Was ist hier passiert?« fragte er in herrischem Ton. »Hast du diesen Wahnsinn befohlen?«

Kink starrte ihn verwirrt an. Offensichtlich begriff er gar nicht, was Skudder meinte.

»Verdammt noch mal, ich will wissen, was hier passiert ist!« brüllte Skudder ihn an. »Haben sie euch angegriffen, oder was soll das?«

»Angegriffen?« Kink schluckte nervös. »Ich . . . ich verstehe nicht. Du hast doch selbst gesagt . . .«

»Ich habe gesagt, ihr sollt das Mädchen suchen«, unterbrach ihn Skudder, nun wieder mühsam beherrscht. »Ich habe gesagt, ihr sollt die *Wastelander* ein bißchen ausquetschen, ja, aber ich habe nicht gesagt, daß ihr sie alle umbringen sollt!«

Raoul berührte ihn am Arm. »Laß ihn«, sagte er beruhigend. »Es ist nun mal passiert.« Er lächelte, gab Kink ein Zeichen zu verschwinden und zog Skudder ein Stück mit sich. »Ich verstehe dich ja«, sagte er sehr leise, damit keiner der anderen ihn verstand, »aber du mußt sie auch verstehen. Es war eine *Wastelanderin,* die dem Mädchen zur Flucht verholfen hat. Und sie hat Den umgebracht. Die Jungs wollen ihre Rache.«

»Das hier ist keine Rache«, sagte Skudder aufgebracht. »Verdammt, ich habe nichts dagegen, die *Wastelander* ein bißchen aufzumischen, aber das ist . . . ist eine Kriegserklärung.«

Raoul antwortete nicht, Skudder begriff plötzlich, daß Raoul im Grunde sogar recht hatte; zumindest von seinem Standpunkt aus. Wütend riß er sich los, drehte sich herum und lief ein paar Schritte, ehe er wieder stehenblieb.

Er fühlte sich hilflos. Hilflos und aufgebracht und sehr allein. Und er brodelte innerlich vor Zorn, nicht nur auf Kink, der ein Idiot war und es wahrscheinlich einfach nicht besser wußte, sondern auf sich, diese Laird und vor allem auf Daniel, der ihm mit seinem Anruf vor vier Tagen diesen ganzen Mist eingebrockt hatte.

Es dauerte lange, bis er sich wieder so weit in der Gewalt hatte, daß er zu Raoul zurückgehen konnte. Sein Stellvertreter blickte ihm aufmerksam und mit einem unübersehbaren Ausdruck von Sorge an. »Alles wieder in Ordnung?« fragte er.

Skudder nickte, obwohl er es besser wußte. Nichts war in Ordnung, aber das mußte er Raoul nicht breit erklären.

Sie waren noch am vergangenen Abend aufgebrochen, Raoul und er an der Spitze einer gewaltigen Kolonne von fast hundert Maschinen. Er hatte beinahe die Hälfte seiner Leute mitgenommen — völlig absurd, wenn er bedachte, daß sie eine einzelne Frau suchten! Aber es hing sehr viel davon ab, daß sie sie auch fanden.

Doch bisher gab es nicht einmal eine Spur von ihr. Sie hatten sich aufgeteilt, kaum daß sie die Ebene erreicht hatten, und Skudder selbst hatte zusammen mit Raoul vier oder fünf *Wastelander*-Familien aufgestöbert. Niemand aber hatte die fremde Frau gesehen, nach der sie suchten, und Skudder war ziemlich sicher, daß sie die Wahrheit gesagt hatten. Raoul und er waren bei ihren Nachforschungen nicht gerade zimperlich vorgegangen.

»Haben sie wenigstens irgend etwas erfahren?« fragte er, noch immer zornig, aber äußerlich wieder beherrscht.

Raoul schüttelte den Kopf. »Nein. Niemand hat eine Fremde gesehen oder von ihr gehört. Wir müssen weitersuchen.«

»Verdammt, wir können nicht jeden *Wastelander* in der

Gegend umbringen«, sagte Skudder. »Sie muß hier irgendwo sein.«

»Es sei denn, sie ist wieder zurück in die Berge gelaufen«, sagte Raoul.

Skudder überlegte einen Moment, dann schüttelte er den Kopf. »Nein«, sagte er überzeugt. »So dumm ist sie nicht. Sie würde wissen, daß sie dort keine Chance hat. Sie *muß* hier irgendwo sein.« Einen Moment lang sah er Raoul nachdenklich an, dann machte er eine entschlossene Kopfbewegung nach Osten, zu den Bergen hin.

»Such ein paar zuverlässige Jungs aus«, sagte er. »Wir fahren zurück. Vielleicht finden wir eine Spur.«

»Sie kann schon hundert Meilen weit weg sein«, gab Raoul zu bedenken. »Dens Maschine war fast vollgetankt.«

»Ich weiß«, knurrte Skudder. »Aber ich finde sie. Ganz egal, wo sie sich versteckt.« Er hatte nicht mehr viel Zeit. Von den zweiundsiebzig Stunden, die Daniel ihm gegeben hatte, waren bereits vierundzwanzig verstrichen. Und Daniel war niemand, der mit sich handeln ließ.

Die *Wastelander* pflegten im Morgengrauen aufzustehen. Charity hatte das Gefühl, gerade erst eingeschlafen zu sein, als Net sie weckte und ins Haus brachte, wo ein Frühstück auf sie wartete, das ihr ärmlich vorkam, für diese Leute hier wahrscheinlich aber eher fürstlich war. Sie vermißte Gurk am Tisch, aber auf ihre Frage antwortete Dad nur, daß er schon sehr früh weggegangen wäre. Nach dem Frühstück verabschiedete Charity sich. Sie hatte das sichere Gefühl, daß Dad und die anderen sie nicht ungern gehen ließen. Trotzdem hatte sie das heftige Bedürfnis, sich bei den *Wastelandern* erkenntlich zu zeigen. Und obwohl sie wußte, daß sie es bald schon bereuen würde, zog sie zum Abschied ihr Feuerzeug aus der Tasche und schenkte es Mom.

Die *Wastelanderin* starrte sie ungläubig an, während sie das kleine weiße Plastikding in ihre Hand fallen ließ. »Sei sparsam damit«, sagte Charity. »Es hält nicht ewig.« Dann drehte sie sich herum und lief aus dem Haus.

Bob hatte die Harley bereits aus dem Schuppen geholt und ihr Gepäck auf dem Rücksitz verstaut; inklusive des Lasergewehrs, das er mit Stricken so fest an den Gepäckträger gebunden hatte, daß sie eine Stunde brauchen würde, um es wieder loszubekommen. Sie lächelte ihm dankbar zu, ehe sie sich in den Sattel schwang und davonfuhr.

Sie entfernte sich in südlicher Richtung von der Farm, aber sie fuhr nur so weit, daß sie sicher sein konnte, von dort aus nicht mehr gesehen zu werden, dann bog sie vom Weg ab und hielt wieder auf die Berge zu.

Sie war sich der Tatsache völlig bewußt, wie verrückt ihr Vorhaben war. Sie war keineswegs davon überzeugt, die Tiefen wirklich zu finden. Vielleicht waren sie wirklich nur eine Legende. Gurk hatte vollkommen recht: Menschen in Not, Menschen, die unterdrückt oder gejagt wurden, erfanden sich immer einen Retter, der die Erlösung versprach und es etwas leichter machte, ihr Leiden durchzustehen. Aber wenn es sie gab, dann ließ Nets Beschreibung nur den Schluß zu, daß es sich um Überlebende handelte, Menschen wie sie, die es irgendwie geschafft hatten, sich einen Teil der alten Zivilisation zu bewahren. Auch die Vermutung, daß sie aus irgendwelchen sagenumwobenen Tiefen stammten, paßte. Schließlich befand sich unter den Bergen das ehemals größte und sicherste Bunkersystem der Welt.

In das die Fremden eingedrungen waren und das sie systematisch in Trümmer gelegt hatten, kurz bevor du in den Tank gestiegen bist, wisperte eine Stimme hinter ihrer Stirn.

Sie verscheuchte den Gedanken. Verdammt, sie wußte selbst, wie klein die Chance war, irgendwo auf Hilfe zu stoßen; sie brauchte ihr boshaftes Unterbewußtsein nicht, um sich daran zu erinnern.

Eine Felsgruppe tauchte vor ihr aus der Ebene auf; ein idealer Aussichtspunkt. Charity hatte ihre unheimliche Beinahe-Begegnung vom vergangenen Morgen nicht vergessen. Vorsichtig umkreiste sie den Felsen einmal und hielt schließlich auf der Schattenseite an. Den Felsen zu erklimmen war schwerer, als sie geglaubt hatte, denn seine Oberfläche war spiegelglatt und fühlte sich unter ihren Händen wie poliertes Glas an. Sie war völlig außer Atem, als sie es endlich geschafft hatte, und brauchte zwei oder drei Minuten, um wieder zu Kräften zu kommen. Obwohl sie seit nicht einmal einer halben Stunde unterwegs war, war ihre Kehle schon wie ausgetrocknet; die Hitze war schon jetzt drückend. Für die heißesten Stunden des Tages würde sie sich sein Versteck suchen müssen.

Sie setzte den Feldstecher an. Das monotone Braun der verbrannten Ebene glitt hundertfach vergrößert an ihr vorbei, nur dann und wann unterbrochen durch eine Spalte, einen Felsen oder — sie hielt den Atem an. Der Spur, die ihr Motorrad im Sand hinterlassen hatte, folgte eine sonderbare, abscheuliche Kreatur. Der Anblick jagte ihr einen eisigen Schauer über den Rücken. So ein Ungeheuer hatte sie noch nie zuvor zu Gesicht bekommen. Es kroch ihr nach, und es war ziemlich groß. Ganz entfernt erinnerte es Charity an ein Gila-Monster, es war aber keine Echse, sondern eher ein Insekt, denn seine Haut war glänzend und hart und in mehrere ungleich große Segmente unterteilt. Seine Beine — sechs insgesamt — schritten träge und abrupt voran. Der Kopf des Wesens war eine glotzäugige Scheußlichkeit, über der sich zwei dürre Antennenfühler unablässig hin und her bewegten. Kein Zweifel war möglich, das Wesen verfolgte sie. Aber mit ihrer schnellen Harley würde sie es vermutlich abschütteln können.

Langsam schwenkte sie das Glas weiter, betrachtete einen Moment lang einen anderen, bizarren Umriß — der sich allerdings bei genauerem Hinsehen nur als Felsbrocken herausstellte — und ließ den Blick weiter über die Ebene wandern.

Dann entdeckte sie Rauch.

Schwere, schwarze Qualmwolken stiegen am Horizont auf; ohne den Feldstecher hätte sie sie wahrscheinlich nicht einmal bemerkt. Irgendwo in der Ferne glaubte sie auch Flammen zu sehen — genau dort, wo Dads Farm lag.

Charity sprang mit einem Fluch auf, kletterte hastig vom Felsen herunter und schwang sich wieder auf die Maschine. Ohne auch nur eine Sekunde zu zögern, startete sie die Harley, fuhr los und brachte sie gleich darauf mit einer abrupten Bewegung wieder zum Stehen. Sie vergeudete fast eine Minute damit, an den Knoten herumzuzerren, mit denen Bob ihr Lasergewehr festgebunden hatte, ehe sie endlich ihr Messer zog, um die Stricke kurzerhand durchzuschneiden. Hastig hängte sie sich die Waffe über die Schulter, stieg wieder auf das Motorrad und raste weiter. Die schwarzen Qualmwolken, die sie bald schon mit bloßem Auge sah, wiesen ihr den Weg. Ihre schlimmsten Befürchtungen wurden noch übertroffen. Es war nicht nur das Haupthaus, das Feuer gefangen hatte — die gesamte Farm brannte wie ein übergroßer Scheiterhaufen.

Charitys Beklemmung wurde zu einer Mischung aus Entsetzen und Wut, als sie die vier schweren Motorräder entdeckte, die vor dem brennenden Wohnhaus abgestellt waren. Sharks. Sie waren zurückgekommen. Irgendwie hatten sie es geschafft, in dieser Einöde ihre Spur zu verfolgen. Wahrscheinlich hatten sie alle umgebracht. Und es war ihre Schuld!

Rücksichtslos gab sie Gas und raste auf die Farm zu. Sie erkannte zwei, drei Gestalten in schwarzem Leder, die sich wie schreckliche Dämonenfiguren vor dem lodernden Feuer abhoben, und sie sah auch, wie sich zwei von ihnen überrascht umwandten, als sie ihre Harley hörten. Einer hob die Hand, zum Zeichen, daß sie langsamer fahren sollte. Er schien sie für einen Shark zu halten.

Aber Charity bremste nicht ab, sie gab Gas, schaltete im letzten Moment brutal herunter und ließ die Kupplung los; die Harley-Davidson machte einen gewaltigen Satz, der Hinterreifen drehte durch, und das Vorderrad krachte gegen den völlig überrumpelten Shark.

Der Aufprall schleuderte Charity aus dem Sattel, aber damit hatte sie gerechnet, und ganz plötzlich waren ihre Reaktionen wieder da, so schnell und präzise, wie sie es gewohnt war. Sie fiel, rollte sich ab und rammte dem zweiten Shark beide Füße in den Leib. Der Mann brach zusammen und blieb reglos liegen.

Als sich Charity benommen in die Höhe stemmte, stürmte der dritte Shark heran.

Sie ließ ihm keine Chance. Blitzschnell nahm sie den Laser von der Schulter, legte auf ihn an und drückte ab. Ein kaum nadeldünner, rubinroter Lichtblitz, im grellen Licht des Feuers beinahe unsichtbar, durchbohrte das Bein des Sharks und brachte ihn zu Fall. Die Waffe war nicht auf eine tödliche Wirkung eingestellt gewesen, aber der Schock würde den Mann für Stunden betäuben. Trotzdem lief sie mit zwei, drei schnellen Schritten auf ihn zu und stieß ihn grob mit dem Gewehrlauf an, ehe sie es wagte, sich herumzudrehen und nach dem letzten verbliebenen Shark Ausschau zu halten.

»Bravo«, sagte eine Stimme hinter ihr. »Saubere Arbeit.«

Charity fuhr erschrocken herum und hob die Waffe. Aber sie drückte nicht ab. Hinter ihr, gut zwanzig Meter entfernt, vor der brennenden Scheune, stand der vierte Shark, und obwohl sie ihn vor dem Hintergrund der lodernden Flammen kaum erkennen konnte, ließ sein Anblick sie erschauern.

Er war sehr groß und muskulös. Sein Gesicht war unter einem schwarzen Helm verborgen, aber Charity glaubte, seinen Blick selbst durch das abgedunkelte Visier hindurch zu spüren. Sie wußte plötzlich, daß sie dem Anführer der Sharks gegenüberstand.

»Erschießt du mich mit dem Ding da, wenn ich mich bewege?« fragte der Shark. Seine Stimme klang fast spöttisch. »Es ist heiß hier. Ich würde gerne ein paar Schritte zur Seite treten.«

Charity antwortete nicht, aber sie machte eine entsprechende Bewegung mit dem Laser, und der Shark trat vier, fünf Schritte vom Feuer weg. Sie erkannte jetzt, daß er ein kurzstieliges Beil in der rechten Hand trug. Eine ekelhafte Waffe, aber keine, die ihr Kopfzerbrechen bereiten mußte.

»Du mußt Laird sein«, sagte der Shark, nachdem er wieder stehengeblieben war.

Charity war verblüfft. »Du kennst meinen Namen?«

»Wie du siehst.« Ein leises, spöttisches Lachen drang unter dem Helm hervor. »Du hättest dir eine Menge Ärger ersparen können, wenn du gleich zu mir gekommen wärst«, fuhr er fort.

»Was . . . willst du von mir?« fragte Charity verstört. »Woher weißt du meinen Namen, und wer . . .« Sie stockte, sah sich unsicher nach beiden Seiten um und machte eine befehlende Geste mit dem Gewehr. »Nimm den Helm ab«, sagte sie. Es machte sie nervös, das Gesicht ihres Gegenübers nicht sehen zu können, während sie mit ihm sprach.

Der Shark gehorchte schweigend, wobei er allerdings nur eine Hand benutzte. Die rechte hielt noch immer die Axt, während er den Helm achtlos vor sich in den Sand warf.

»Zufrieden?« fragte der Shark spöttisch.

Charity wußte nicht, ob sie *zufrieden* mit dem war, was sie sah — auf jeden Fall war sie überrascht. Der Shark war ziemlich jung, vielleicht Anfang Dreißig. Sein Gesicht wirkte nicht einmal unsymphatisch, wenn auch sehr hart, und es kam ihr zugleich fremdartig und sonderbar vertraut vor. Sein Haar glänzte im tiefsten Schwarz, das Charity jemals gesehen hatte.

»Ich bin Skudder«, sagte der Shark plötzlich, in einer Art, als erwarte er, daß dieser Name Charity irgend etwas sagte. »Und du mußt Laird sein. Warum hast du meine Leute umgebracht?«

Statt zu antworten, deutete Charity auf den brennenden Hof. »Warum habt ihr diese Leute hier umgebracht?«

»Umgebracht?« Skudder lächelte gefühllos. »Wir haben niemanden umgebracht«, sagte er. »Sie waren . . . nicht besonders kooperativ, so daß wir ihnen ein bißchen einheizen mußten. Aber sie leben noch. Und wenn du vernünftig bist, dann bleibt das auch so.«

Charitys Gedanken überschlugen sich fast. Sie glaubte ihm kein Wort, aber es war immerhin *möglich*, daß er die Wahrheit sagte — was nichts anderes bedeuten würde, als daß sie Dad und seine Familie zum Tode verurteilte, wenn sie auch nur den winzigsten Fehler beging. Aber wenn auch nur die Hälfte von dem stimmte, was Net und die anderen ihr über die Sharks erzählt hatten, dann würden sie sowieso sterben.

»Was willst du von mir?« fragte sie.

»Ich?« Skudder schüttelte lächelnd den Kopf. »Nichts. Jemand möchte dich sprechen. Ich habe nur den Auftrag, dich zu ihm zu bringen. Lebend.«

»Jemand? Wer?«

Skudder schwieg und lächelte, und es war dieses Lächeln, das Charity irritierte. Dieser Skudder war entweder völlig verrückt — oder er fühlte sich absolut sicher. Weder die eine noch die andere Möglichkeit gefiel ihr besonders.

»Und wenn ich nun keine Lust habe, mitzukommen?« fragte sie. »Du kannst mich nicht zwingen.«

»Bringt das Mädchen«, sagte Skudder ruhig. Die Worte galten nicht ihr, sondern irgend jemandem hinter Charity, und sie widerstand im letzten Moment der Versuchung, sich herumzudrehen. Ob es nun ein Trick war oder nicht, solange sie den Laser auf Skudders Brust richtete, war sie relativ sicher.

Es war kein Trick. Hinter ihr wurden Schritte laut, dann tauchten zwei Sharks vor ihr auf, die ein zappelndes Bündel hinter sich herschleppten. Obwohl Net an Händen und Füßen gefesselt war, schienen die beiden Mühe zu haben, sie zu halten.

»Nun?« sagte Skudder ruhig. »Glaubst du immer noch, daß ich dich nicht zwingen könnte? Ein Wort von mir genügt, und die Jungs töten sie. Sie freuen sich schon darauf.«

»Dann erschieße ich dich«, sagte Charity entschlossen.

»Das würde auch nicht viel ändern«, erwiderte der Shark. »Das Mädchen wäre tot, und die Jungs würden dich fertigmachen. Gib auf. Es ist genug Blut geflossen.«

Sie wollte Net und ihre Familie nicht zum Tode verurteilen, aber verdammt, was sollte sie tun?

Skudder schien ihre Gedanken zu erraten, denn er lächelte wissend und kam einen Schritt näher, blieb aber sofort wieder stehen, als Charity drohend mit dem Gewehr fuchtelte. »Du traust mir nicht«, sagte er seufzend. »Das verstehe ich sogar. Aber du mußt keine Angst haben. Wir sollen dich lebend zu Daniel bringen.«

»Daniel? Wer ist das?« Charity fragte eigentlich nur, um Zeit zu gewinnen.

Skudder zuckte mit den Achseln. »Das weiß ich so wenig wie du. Also — wie lange willst du noch da stehen und auf mich zielen? Bis dir die Arme einschlafen?«

Charity sah sich fast verzweifelt um. Außer Skudder und den beiden, die Net hielten, waren noch zwei weitere Sharks auf der Bildfläche erschienen. Jede der Maschinen, die links von ihr standen, mußte mit zwei Mann besetzt gewesen sein.

»Ich komme nicht mit«, sagte sie. »Und ihr werdet auch das Mädchen loslassen, oder . . .«

»Oder?« fragte Skudder lauernd.

Anstelle einer Antwort schwenkte Charity blitzschnell das Gewehr herum, jagte einem der Sharks, die Net hielten, einen Laserstrahl ins Bein und richtete die Waffe sofort wieder auf Skudder. Der Verletzte brüllte auf, kippte mit einer fast komisch anmutenden Bewegung zur Seite und blieb stöhnend liegen.

»Oder ich erschieße dich«, sagte sie ernst. »Es macht mir nichts aus, Skudder. Mit den drei Figuren da werde ich fertig.«

Skudder antwortete nicht, aber in seinen dunklen Augen glomm Wut auf. Und dann tat er das, was Charity am allerwenigsten erwartet hätte. Rasch hob er den Arm und winkte die beiden Männer zurück, die, als Charity schoß, zu ihren Waffen gegriffen hatten. »Nicht«, sagte er. »Laßt sie. Sie hat recht. Sie würde euch Narren umbringen.«

»Du . . . läßt uns gehen?« fragte Charity ungläubig.

Skudder nickte. »Ja. Aber wir sehen uns wieder. Laßt das Mädchen los.«

Die Worte galten dem Shark, der Net festhielt. Er zögerte, griff dann aber gehorsam nach seinem Messer und schnitt Nets Fesseln durch. Net fiel mit einem erschöpften Keuchen auf die Knie, rappelte sich unsicher wieder auf.

»Sieh zu, ob du die Maschine aufrichten kannst«, sagte Charity zu ihr. »Schnell.« Gleichzeitig machte sie sich ein paar Schritte rückwärts, richtete den Laser auf die Motorräder, mit denen die Sharks gekommen waren, und drückte auf den Auslöser, nachdem sie die Waffe auf volle Leistungsstärke eingestellt hatte. Ein fingerdicker, rubinroter Strahl traf den Tank der ersten Harley.

Das Motorrad explodierte. Die Wucht der Detonation ließ die drei anderen Maschinen umkippen wie hintereinander aufgestellte Dominosteine. Das Feuer griff rasch auf sie über.

»Nur, damit wir uns nicht zu schnell wiedersehen«, sagte Charity freundlich. Skudder starrte sie an und schwieg. Nur der Zorn in seinen Augen loderte heftiger.

»Ich schaffe es nicht allein!« rief Net. Ihre Stimme klang eindeutig verzweifelt. »Hilf mir!«

Charity nickte, bewegte noch einmal drohend die Waffe und ging rückwärts auf sie zu.

Sie kam nur ein paar Schritte weit. Ihr Fuß stieß gegen den Körper des bewußtlosen Shark, den sie niedergeschossen hatte, sie machte einen hastigen Schritt — und schrie erschrocken auf, als sich eine Hand um ihren Knöchel schloß und mit furchtbarer Kraft zupackte.

Trotzdem reagierte sie mit fast übermenschlicher Schnelligkeit. Sie versuchte nicht, sich loszureißen, sondern drehte sich herum, und schlug dem Shark den Gewehrkolben in den Nacken. Der Mann verlor zum zweiten Mal das Bewußtsein, und Charity wirbelte abermals herum und richtete die Waffe wieder auf Skudder und die anderen.

Aber so schnell sie auch war, Skudder war schneller. Er versuchte nicht, sich auf sie zuzustürzen wie die drei anderen Männer, sondern ließ sich einfach zur Seite fallen, einen Sekundenbruchteil, bevor Charitys Waffe einen zweiten, tödlichen Laserblitz in seine Richtung spie, und gleichzeitig sauste sein rechter Arm vor. Das Beil glitt aus seiner Hand und jagte mit tödlicher Präzision auf Charity zu.

Sie versuchte noch, der Axt auszuweichen, aber schon während sie es tat, wußte sie, daß sie es nicht schaffen würde.

Die Axt traf ihre linke Schulter, in ihrem Körper entflammten furchtbare Schmerzen, und dann verlor sie das Bewußtsein.

»Das war verdammt knapp«, sagte Raoul leise, während er sich vollkommen aufrichtete. »Alles in Ordnung?«

In Ordnung? Skudders Blick glitt über das Schlachtfeld, in das Laird den Farmhof verwandelt hatte. Ein Toter, drei Verletzte, vier Maschinen Totalschaden, zwei tote *Wastelander* — nein, dachte er grimmig; nichts war in Ordnung. Eine einzelne Frau gegen Skudder und sieben seiner Männer, und sie hatten pures Glück gehabt, daß sie sie nicht alle erledigt hatte!

»Ich werde ein paar ernste Worte mit Daniel reden«, knurrte

er. »Er hätte mich vor dieser Frau warnen müssen!« Er schüttelte zornig den Kopf, hob seinen Tomahawk auf und schob ihn mit einer ärgerlichen Bewegung unter den Gürtel; erst dann beugte er sich zu der Bewußtlosen herab und untersuchte sie flüchtig. Ihr Puls ging ruhig und gleichmäßig, ihre linke Schulter begann bereits anzuschwellen, aber es schien nichts gebrochen zu sein. Skudder war erleichtert. Er hätte Daniel ungern einen halben Leichnam ausgeliefert. Der Statthalter Morons verstand manchmal erstaunlich wenig Spaß.

»Fesselt sie«, sagte er. »Und sorgt dafür, daß sie nicht so schnell aufwacht. Aber seid vorsichtig. Ich will nicht, daß sie verletzt wird.« Er richtete sich auf, sah wie Kink und einer der Männer herbeieilten, um seinem Befehl nachzukommen, und wandte sich wieder an Raoul. Erst jetzt fiel ihm wieder ein, daß auch sein Stellvertreter nicht ganz ungeschoren davongekommen war.

»Was ist mit dir?« fragte er. »Alles wieder okay?«

Raoul verzog das Gesicht zu einem schmerzhaften Lächeln. »Halb so wild«, log er. »Solange ich nicht laufen muß, wird mir die Wunde keine Schwierigkeiten machen.«

»Laß mich dein Bein sehen«, verlangte Skudder. Raoul wollte abwinken, aber Skudder packte ihn einfach am Arm, zwang ihn, sich zu setzen und riß sein Hosenbein bis über das Knie auf. Raoul stöhnte leise.

Die Wunde war nicht sehr viel größer als ein Nadelstich, aber das Fleisch ringsum war ziemlich angeschwollen, und sein Bein fühlte sich hart wie Eisen an. Skudder drehte Raouls Bein behutsam und sah, daß der nadeldünne Lichtstrahl seine Wade glatt durchschlagen hatte. Er sah auf, blickte einen Moment lang zu den brennenden Maschinen hinüber, und schauderte. Plötzlich war er sehr froh, daß er Lairds Schuß um Haaresbreite entgangen war.

»Das ist ein bißchen mehr als ein Kratzer«, sagte er ernst. »Sieht nicht gut aus.«

Raoul zuckte mit den Schultern und zog das Bein vorsichtig zurück. »Fühlt sich auch nicht besonders gut an«, gestand er. »Ich möchte wissen, was das für ein Teufelsding war.«

Gegen seinen Willen mußte Skudder lachen. Kopfschüttelnd beugte er sich zur Seite, angelte nach Charitys Laser und hob ihn mit einer fast ehrfürchtigen Bewegung auf. Vorsichtig drehte er ihn in den Händen. Die Waffe ähnelte auf den ersten Blick einem Kleinkalibergewehr, aber sie war überraschend leicht und bestand nicht aus Metall und Holz, sondern aus einem Kunststoffmaterial, wie Skudder es noch niemals gesehen hatte. Statt in einer Mündung endete der Lauf in einem fingerlangen Rohr aus Glas, in dem ein dunkelrotes, ganz sanft pulsierendes Licht glomm, und wo der Abzug sein sollte, befand sich ein roter Knopf; dicht daneben eine Art Rad, das wohl dazu diente, die Leistungsstärke der Waffe zu regulieren. Skudder war verwirrt. Er hatte schon Strahlenwaffen gesehen — aber diese Waffe unterschied sich völlig von denen, die die Moroni benutzten.

Dann begriff er. Diese Waffe war auf der Erde gebaut worden. Von Menschen und für Menschen. Verwirrt legte er die Waffe neben sich in den Sand und half Raoul dabei, wieder aufzustehen. Mit der freien Hand deutete er auf die Harley, mit der Laird gekommen war. »Du nimmst die Maschine und fährst zum Lager zurück«, sagte er. »Laß dein Bein verarzten. Bart kann dich fahren.«

»Dann habt ihr kein Fahrzeug«, gab Raoul zu bedenken.

»Unsinn«, widersprach Skudder. »Wir können sowieso nicht zu fünft auf einer einzigen Kiste fahren, oder?« Er klopfte mit der Hand auf das kleine Funkgerät, das in seinem Gürtel steckte. »Wir warten auf die anderen. Und du schickst Matt mit dem Wagen her, sobald du im Lager angekommen bist. Und jetzt verschwinde.«

Raoul wollte abermals widersprechen, aber Skudder brachte ihn mit einer fast herrischen Geste zum Verstummen. »Du tust, was ich sage.«

Raoul nickte. »Vielleicht hast du recht«, murmelte er. Vorsichtig machte er einen Schritt, sog hörbar die Luft zwischen den Zähnen ein und schüttelte mit einem gequälten Lächeln den Kopf.

»Nein«, verbesserte er sich. »Du hast recht. O verdammt, tut das weh.« Er stöhnte und bewegte vorsichtig sein Bein. Skudder ging dicht neben ihm her, um ihn nötigenfalls auffangen zu können, falls er stürzte. Raoul blieb abermals stehen, als sie an der bewußtlosen Laird vorbeikamen.

»Ich möchte nur wissen, warum sie das getan hat«, murmelte Raoul plötzlich.

»Was?«

Raoul deutete auf die Berge im Osten. »Wir hätten sie nie eingeholt«, sagte er überzeugt.

»Aber sie ist freiwillig zurückgekommen. Das ist doch verrückt.«

»Vielleicht hat sie das Feuer gesehen«, vermutete Skudder.

»Und ist zurückgekommen, um den *Wastelandern* zu helfen?« Raoul schüttelte den Kopf. »Das ergibt keinen Sinn. Sie kann doch unmöglich geglaubt haben, allein mit uns allen fertig zu werden.«

»Beinahe hätte sie uns erledigt«, antwortete Skudder ruhig. »Wenn du sie nicht abgelenkt hättest . . .«

»Weißt du, was die Kleine erzählt hat?« fragte Raoul mit einer Geste auf Net. Skudder schüttelte den Kopf, und Raoul fuhr fort: »Sie behauptet, Laird wäre auf dem Weg zurück in die Berge gewesen. Um die Tiefen zu suchen.«

»Blödsinn«, knurrte Skudder. »Aber ich werde sie danach fragen, wenn sie aufwacht. Und jetzt verschwinde. Fahr los und sieh zu, daß der Laster hierherkommt. Ich habe keine Lust, hier zu übernachten.« Reglos sah er zu, wie Raoul auf die Maschine zuhumpelte und sich mühsam in den Sattel zog, nachdem Bart vor ihm Platz genommen und den Motor gestartet hatte. Erst nachdem die beiden außer Sicht waren, drehte er sich herum und winkte Kink zu sich. Raoul war ein wenig überrascht gewesen, als Skudder darauf bestanden hatte, ausgerechnet diesen Psychopathen mitzunehmen — aber Skudder war einfach wohler dabei, ihn im Auge zu haben.

»Was machen wir mit der *Wastelanderin*?« erkundigte sich Kink. Skudder sah einen Moment lang nachdenklich zu Net hinüber, die — jetzt wieder an Händen und Füßen gefesselt — ein Stück abseits saß und ihn und Kink abwechselnd aus Augen anstarrte, in denen sich panische Angst und nackte Mordlust mischten.

»Wir nehmen sie mit«, bestimmte er nach kurzem Überlegen. »Vielleicht gibt es noch das eine oder andere, was sie uns erzählen kann.«

Kink schien widersprechen zu wollen, beließ es aber dann bei einem kaum angedeuteten Nicken und starrte zu Boden.

»Wolltest du etwas sagen?« fragte Skudder scharf.

»Sie hat Den erledigt«, antwortete Kink zögernd.

»Ach?« machte Skudder lauernd. »Sagt sie das?«

»Nein«, gestand Kink. »Aber ich weiß es. Und du auch. Es war Garth' Maschine, oder? Und . . .«

»Wenn es so ist«, unterbrach ihn Skudder scharf, »dann finden wir es noch früh genug heraus. Wir nehmen sie mit. Und du rührst sie nicht an, verstanden? Übrigens — was ist mit dem Jungen?« fügte er hinzu, ehe Kink abermals widersprechen konnte. »Habt ihr ihn erwischt?«

Kink senkte den Blick noch weiter und schüttelte den Kopf. »Er war zu schnell«, gestand er. »Aber ich kriege ihn, wenn du es willst. Zu Fuß hat er keine Chance.«

»Idiot«, sagte Skudder ruhig. Er zog das Funkgerät aus dem Gürtel und drückte es Kink in die Hand. »Versuch mal, einen der anderen zu erreichen. Ich fühle mich nicht besonders wohl hier draußen, solange ich nicht weiß, ob im nächsten Moment nicht eine ganze Armee rachedurstiger *Wastelander* hier auftaucht.«

Kink nahm das Funkgerät und ging. Skudders Befürchtungen waren keineswegs aus der Luft gegriffen. Einer der *Wastelander* war entkommen, und vielleicht schaffte er es tatsächlich, irgendwo Verstärkung zu holen.

Seufzend drehte er sich um, nahm Charitys Gewehr, um es sich über die Schulter zu hängen, und ging dann noch einmal zu seiner bewußtlosen Gefangenen hinüber. Trotz des blutigen Kratzers auf ihrer Stirn sah sie sonderbar friedlich aus, wie sie so dalag; fast, als schliefe sie. Und ihr Gesicht wirkte . . .

Es fiel Skudder schwer, sich darüber klarzuwerden, welche Gefühle ihr Anblick wirklich in ihm auslöste. Er war verwirrt. Sie war eine hübsche Frau — keine Schönheit, aber sehr hübsch, fast noch ein bißchen mädchenhaft, obwohl sie älter sein mußte als er. Und doch haftete ihrem Gesicht eine eigentümliche Strenge an. Wer war sie? Und warum war sie so wichtig, daß Daniel all seine Macht ausspielte, um sie in seine Gewalt zu bringen?

Er bedauerte fast, Kink den Befehl gegeben zu haben, sie zu betäuben. Es gab eine Menge, was er sie fragen wollte.

Kink erreichte niemanden mit seinem Funkgerät, was Skudder nicht besonders überraschte; die kleinen Walkie-talkie, die Daniel ihnen zur Verfügung gestellt hatten, besaßen weder eine sehr große Reichweite, noch waren sie besonders zuverlässig. Aber eine halbe Stunde später stieß eine der anderen Gruppen von sich aus zu ihnen, und Skudder begann sich wieder ein wenig sicherer zu fühlen.

Etwa eine Stunde vor Mittag brachen sie auf, obwohl es vielleicht klüger gewesen wäre, auf Raoul und den Lastwagen zu warten; die Maschinen waren völlig überladen, und die drei reglosen Gestalten, die sie auf den Satteln festbinden mußten, machten die Sache auch nicht gerade leichter. Sie fuhren etwa eine Stunde, ehe der Truppführer plötzlich langsamer wurde und schließlich anhielt. Die Kolonne kam schwerfällig zum Stehen, nur Skudder lenkte seine Maschine neben den ersten Shark und sah ihn fragend an. »Was ist los?«

Der Mann hob den Arm und deutete nach Norden. Skudder folgte der Bewegung — und fuhr erschrocken zusammen.

Ein bizarrer Schatten bewegte sich in einiger Entfernung auf sie zu, aber Skudder wußte gleich, um was es sich handelte.

»Ein *Reiter*?« murmelte er verwirrt und alarmiert zugleich. »Verdammt, was bedeutet das?«

Die gewaltige Käferkreatur kam rasend schnell näher, sie hielt genau auf den Motorradkonvoi zu. Skudder gab den anderen ein Zeichen, die Motoren abzustellen, er selbst stieg von seiner Maschine ab und ging dem Reiter ein Stück entgegen.

Es vergingen kaum fünf Minuten, bis aus dem schwarzen Umriß ein elefantengroßes, glänzendes Insekt geworden war.

Skudder mußte sich mit aller Macht beherrschen, um nicht ganz instinktiv zurückzuweichen, als der Reiter auf ihn zupreschte. Obwohl er ihre Nähe gewohnt war, erschreckte ihn der Anblick der riesigen Reitinsekten so sehr wie am ersten Tag.

Mit einem unbeschreibbaren Unbehagen sah Skudder zu dem Reiter hinauf, der im Nacken des Käfers hockte. Er bemerkte erst jetzt, daß er nicht allein war. Hinter der schmalen, vierarmigen Gestalt erhob sich eine zweite, sehr viel kräftigere, die allerdings auch sehr viel mehr Mühe hatte, sich auf dem glatten Chitinpanzer festzuklammern.

Skudder fuhr überrascht zusammen, als er erkannte, wer es war. »Raoul!?«

Der *Reiter* preschte weiter heran, kam zwei Meter vor Skudder mit einer abrupten Bewegung zum Stehen und musterte ihn einen Augenblick lang aus seinen riesigen, dunkelroten Facettenaugen; ein Blick, der Skudder erschaudern ließ. Zwei, drei endlose Sekunden lang schwebte der gigantische Kopf mit den mörderischen Mandibeln fast direkt vor seinem Gesicht, dann bewegte sich die Riesenkreatur ein Stück zur Seite und knickte gleichzeitig in den beiden vorderen Beinpaaren ein, um ihrem Reiter ein bequemeres Absteigen zu ermöglichen. Der Moroni blieb reglos in ihrem Nacken sitzen, aber Raoul ließ sich mit einem erleichterten Seufzer vom Rücken des Riesenkäfers sinken und humpelte auf ihn zu. Irgend etwas an diesem Humpeln erweckte Skudders Mißtrauen. Er wirkte nicht echt, fast, als wäre Raouls Verletzung längst geheilt. Aber das war natürlich unmöglich. Skudder verscheuchte den Gedanken.

»Was . . . was bedeutet das . . .?« fragte er verwirrt.

»Wir sind ihm auf halber Strecke begegnet«, unterbrach ihn Raoul, in einem Tonfall, der Skudder fast mehr alarmierte als der Anblick des Reiters selbst. »Ich soll dir etwas ausrichten.«

»Ausrichten?« Skudder sah erst ihn, dann den Moroni verstört an. Er verstand überhaupt nichts mehr. »Von wem?«

»Von Daniel.«

5

Ihre linke Körperhälfte war immer noch gefühllos, als sie erwachte. Es war Nacht, und sie lag neben einem auflodernden Feuer, das eine karge, aus Felsen und Büschen bestehende Landschaft erhellte. Es war nicht nur der Schlag gewesen, der ihr so lange das Bewußtsein geraubt hatte. In ihrem Mund und ihrer Nase war ein widerwärtiger Geschmack, der ihr verriet, daß Skudder außer einer Axt auch noch eine Flasche Chloroform mit sich herumschleppen mußte.

Charity versuchte sich zu bewegen, aber es ging nicht. Sie war an Händen und Füßen gefesselt, und selbst, wenn es ihr gelungen wäre, die Stricke zu lösen, wäre sie wohl kaum sehr weit gekommen: Rings um sie herum wimmelte es nur so von Sharks. Sie sah mindestens zwanzig der abenteuerlich gekleideten Gestalten, die am Feuer saßen oder sich in der Dunkelheit hin und her bewegten.

Wo war sie? Sie konnte nicht sehr viel von ihrer Umgebung erkennen. Sie entdeckte ein paar Motorräder — blinkende schwarze Schatten in der Dunkelheit —, die Umrisse mächtiger Felsen und hier und da einen Busch. Sie war nicht mehr auf der Ebene, aber das war auch alles, was sie mit Sicherheit sagen konnte.

Und sie war nicht die einzige Gefangene. Kaum anderthalb Meter neben ihr saß eine zweite, halb aufrecht an einen Baum gebundene Gestalt, schlanker als sie und mit kurzgeschnittenem dunklem Haar: Net. Charity hielt vergebens nach den anderen *Wastelandern* Ausschau. In ihrer unmittelbaren Nähe befand sich nur ein einziger Shark, der mit untergeschlagenen Beinen dasaß, ihr den Rücken zukehrte und vor sich hinzudösen schien.

Charity versuchte sich umzudrehen. Ihre Schulter tat weh, und obwohl der Schmerz sich in Grenzen hielt, mußte sie all ihren Mut zusammennehmen, den Kopf zu drehen und an sich herabzublicken. Aber was sie sah, erleichterte sie. Offenbar war sie nicht verletzt.

»Du hast nicht viel abbekommen«, sagte eine Stimme über ihr: Skudder.

Charity sah auf, blickte einen Moment in Skudders Gesicht und fragte sich, wo er hergekommen war. Sie hatte ihn nicht gehört; trotz seines riesenhaften Wuchses schien er sich lautlos wie eine Katze bewegen zu können.

Sekundenlang hielt er ihrem Blick stand, dann lächelte er, ließ sich in die Hocke sinken und streckte die Hand nach ihr aus, zog sie dann aber wieder zurück, ohne sie berührt zu haben.

»Tut es sehr weh?«

»Nein«, antwortete Charity. Skudder verwirrte sie; und nicht nur er, sondern beinahe noch mehr ihre eigene Reaktion auf seinen Anblick. Sie hätte zornig sein müssen, statt dessen betrachtete sie den Führer der Sharks mit einer Neugier, die sie selbst überraschte. Mit einer Kopfbewegung deutete sie auf die Axt, die wieder an Skudders Gürtel hing. Sie sah jetzt zum ersten Mal, daß es sich um einen echten indianischen Tomahawk handelte. In der Welt, in der sie geboren und aufgewachsen war, wäre diese Waffe sicherlich ein Vermögen wert gewesen. »Du kannst gut mit diesem Ding umgehen«, sagte sie. Und fast gegen ihren Willen hörte sie sich hinzufügen: »Sieht so aus, als hätte ich noch einmal Glück gehabt. Wenn du ein bißchen besser gezielt hättest, wäre ich jetzt wohl tot.«

»Ja.« Ihre Antwort schien Skudder zu amüsieren. »Aber vielleicht auch, wenn ich schlechter gezielt hätte.«

Bei jedem anderen hätte sie diese Worte für glatte Angabe gehalten; ihm glaubte sie. »Woher hast du gewußt, in welche Richtung ich springen werde?«

Skudder machte eine unbestimmte Geste. »Erfahrung. Du warst in Panik. Menschen, die in Panik reagieren, fliehen fast alle in dieselbe Richtung: nach rechts, nach vorne und nach unten.«

Charity nickte anerkennend. Sie begriff allmählich, wieso ausgerechnet dieser Mann der Anführer der Sharks geworden war. Und sie nahm sich vor, ihn nicht noch einmal zu unterschätzen.

»Was willst du?« fragte sie.

Skudder antwortete nicht gleich, sondern sah sie wieder auf diese sonderbare Art an. Er lächelte, aber auf eine Art und Weise, die sie frösteln ließ. »Ich weiß es nicht«, sagte er schließlich. »Vermutlich einfach nur mit dir reden. Ich . . . möchte gerne wissen, wer diese Frau ist, derentwegen Daniel eine ganze Armee losschickt.«

»Ich weiß nicht einmal, wer dieser Daniel ist«, murmelte Charity. »Geschweige denn, was er von mir will.«

»Hast du Hunger?« fragte Skudder unvermittelt.

Charity nickte, obwohl sie eigentlich hatte ablehnen wollen.

Drei, vier Atemzüge lang starrte er sie durchdringend, aber nicht unfreundlich, an, dann stand er mit einer fließenden Bewegung wieder auf. »Versprichst du mir, keinen Unsinn zu machen, wenn ich dich losbinde?«

Charity nickte abermals, und Skudder zog ohne ein weiteres Wort sein Messer und schnitt ihre Fesseln durch. Charity versuchte aufzustehen, aber sie schaffte es nicht aus eigener Kraft. Die Fesseln hatten ihr das Blut abgeschnürt, und ihr linker Arm und ihr linkes Bein waren wie taub.

»Und sie?« Charity deutete auf Net, die der kurzen Unterhaltung aufmerksam und mit steinernem Gesicht gefolgt war. Skudder schüttelte entschieden den Kopf.

»Ihr geschieht nichts, keine Sorge«, sagte er. »Aber sie ist nicht klug genug, als daß ich ihr trauen könnte. Ich lasse ihr etwas zu essen bringen. Kink!«

Das letzte Wort galt dem Wächter, der die ganze Zeit über reglos dagesessen und ihnen den Rücken zugekehrt hatte. Aber er schlief keineswegs, wie Charity angenommen hatte, denn er drehte rasch den Kopf und sah Skudder fragend an. Charity erhaschte einen raschen Blick auf ein breites, narbenzerfurchtes Gesicht mit harten Augen und einem brutalen Mund.

»Kümmere dich um Net«, befahl Skudder. »Und behandele sie gut.«

Kink sprang auf und beeilte sich, dem Befehl nachzukommen, während Skudder Charity behutsam am Arm ergriff und zum Feuer führte. Sie wehrte sich nicht dagegen. Das Leben kehrte allmählich in ihre abgestorbenen Glieder zurück. Ohne Skudders Hilfe aber hätte sie keine zehn Schritte geschafft.

Sie gingen nicht zum großen Lagerfeuer, sondern zu einer zweiten, etwas abseits gelegenen Lagerstelle, an der ein kleineres Feuer brannte. Der verlockende Duft von gebratenem Fleisch stieg ihr in die Nase. Als sie näher kam, sah sie, daß Skudder und sie auch hier nicht allein waren — aber immerhin war es nur eine einzelne Gestalt, die auf sie wartete, und keine grölende Bande von mehr als zwanzig Sharks. Sie war erleichtert, nahm sich aber vor, weiter auf der Hut zu bleiben. Skudders Freundlichkeit und die Sympathie, die sie ihm entgegenbrachte, täuschten sie keine Sekunde darüber hinweg, was er wirklich war: der Anführer einer brutalen Armee von Barbaren, denen ein Menschenleben absolut nichts galt.

Skudder half ihr, sich auf einen flachen Stein zu setzen, hockte sich selbst auf der gegenüberliegenden Seite des Feuers hin und deutete aufmunternd auf eine Anzahl hölzerner Spieße, an denen kleine Fleischscheiben über dem Feuer brieten. Charity ließ sich nicht zweimal bitten. Das karge Frühstück bei

Dad und seiner Familie war alles gewesen, was sie heute gegessen hatte, und ihr Magen meldete sich mit Macht zu Wort.

Skudder deutete auf den zweiten Shark, der am Feuer saß und Charity aufmerksam beobachtete. »Das ist Raoul«, sagte er. »Mein Stellvertreter. Du kannst ihm vertrauen.«

»Den anderen nicht?« fragte Charity trocken.

»Nein«, antwortete Skudder im selben Tonfall. »Jedenfalls nicht allen. Aber Raoul und du seid ja gewissermaßen schon alte Bekannte.«

Charity sah ihn fragend an, und Skudder fügte mit einem nur angedeuteten Lächeln hinzu: »Heute morgen. Du hast ein Loch in sein rechtes Bein geschossen. Aber er ist nicht nachtragend.«

Charity musterte den Shark eingehend. Sie erkannte ihn nicht wieder, aber das besagte nichts — sie hatte wahrlich anderes zu tun gehabt, als sich die Gesichter der Männer einzuprägen. Aber sie sah, daß sein rechts Hosenbein bis übers Knie hinauf aufgeschnitten war. Darunter schimmerte ein weißer Verband.

»Tut's noch weh?« fragte sie.

Raoul schüttelte den Kopf.

»Schade«, sagte Charity. »Ich hätte einen Meter höher zielen sollen.«

Raouls Gesicht blieb weiterhin unbewegt, aber Skudder lachte leise. »Du tust ihm unrecht, Laird«, sagte er. »Raoul hat dir das Leben gerettet.«

»So?« erwiderte Charity böse. »Das muß mir irgendwie entgangen sein.«

»Wenn er dich nicht an der Flucht gehindert hätte, hätten die Jungs dich getötet«, sagte Skudder ernsthaft. »Oder die Ebene hätte dich umgebracht. Niemand überlebt dort draußen, wenn er kein *Wastelander* ist. Und du bist kein *Wastelander.*«

»Nein«, antwortete Charity. »Das bin ich nicht.«

»Und was bist du?«

Der bewußt beiläufige Ton der Frage täuschte sie keine Sekunde — Skudder hatte sie nicht nur losgeschnitten, weil er ein so netter Mensch war, sondern weil er etwas ganz Bestimmtes von ihr wollte.

»Jedenfalls kein *Wastelander*«, antwortete sie ausweichend. »Du hast es ja selbst gesagt.« Sie beugte sich vor, angelte sich einen der Fleischspieße vom Feuer und kostete. Das Fleisch schmeckte sonderbar, aber gut, und nach dem ersten, vorsichtigen Bissen kaute sie schneller und fast gierig. Sie merkte erst jetzt richtig, was für einen Hunger sie hatte.

Skudder ließ sie eine Weile in Ruhe, aber er sah sie unentwegt an, auch während er aß, und auch Raouls Blicke folgten jeder ihrer Bewegungen. Charity begann sich zunehmend unbehaglicher zu fühlen. Am liebsten hätte sie das Fleisch zurückgelegt und darum gebeten, wieder an ihren Baum gebunden zu werden. Aber abgesehen davon, daß Skudder das wahrscheinlich abgelehnt hätte, war sie dazu einfach zu hungrig.

»Ich verstehe ja, daß du uns nicht traust«, sagte Skudder nach einer Weile.

»Aber wir sind nicht deine Feinde.«

»Das habe ich gemerkt«, antwortete Charity sarkastisch. »Und Net und ihre Familie auch. Brennt ihr immer die Häuser der Leute nieder, die nicht eure Feinde sind?«

Skudder preßte ärgerlich die Lippen aufeinander, schluckte aber die scharfe Entgegnung herunter, die ihm auf der Zunge lag. »Das wäre nicht passiert, wenn du nicht weggelaufen wärst«, sagte er mit mühsam erzwungener Ruhe. »Aber das hatten wir ja schon, nicht? Wer bist du?«

»Wer ist Daniel?« entgegnete Charity.

Wieder blitzte Ärger in Skudders Augen auf, und wieder beherrschte er sich mühsam. »Du weißt es wirklich nicht?« fragte er. »Von wo kommst du? Vom Mond?«

»Vielleicht.« Charity zuckte mit den Schultern und sah Skudder abschätzend an. »Warum tust du nicht so, als käme ich wirklich von dort, und beantwortest mir ein paar Fragen? Vielleicht«, fügte sie mit einem neuerlichen Achselzucken hinzu, »beantworte ich dann auch deine.«

Skudder seufzte. Aber zu ihrer eigenen Überraschung nickte er plötzlich. »Okay — warum auch nicht? Ich weiß nicht, wer Daniel ist.« Er machte eine hilflose Handbewegung, als Charity ihn ungläubig ansah. »Ich bin ihm nie begegnet«, fuhr er fort.

»Er ist unser Verbindungsmann. Aber ich habe sein Gesicht nie gesehen. Niemand hat das.«

»Euer Verbindungsmann? Zu wem?«

»Zu den Herren Morons«, antwortete Skudder bereitwillig. »Ich weiß nicht, ob er ein Mensch ist oder einer von ihnen. Die Reiter unterstehen ihm.«

»Und ihr.«

»Nein.« Die Antwort kam so scharf, daß Charity spürte, daß sie einen empfindlichen Punkt getroffen hatte. Und auch Skudder sah, daß sie es gemerkt hatte. Er lächelte verlegen. »Nein«, sagte er noch einmal. »Wir unterstehen niemandem. Er . . . treibt Handel mit uns, wenn du es so nennen willst. Wir achten ein bißchen darauf, daß in unserem Gebiet alles seinen ordentlichen Gang geht, und er . . .« Er überlegte einen Moment. »Was man eben so braucht«, sagte er schließlich. »Treibstoff, Ersatzteile . . . wir sind viele.«

Das war nicht die ganze Wahrheit. Charity spürte deutlich, daß Skudder ihr etwas Wesentliches verschwieg. Aber es hätte wenig Zweck gehabt, wenn sie nachfragte. Skudder schien ohnehin schon mehr zu sagen als ihm eigentlich recht war.

»Was seid ihr?« fragte sie dann. »So eine Art privater Schlägertrupp dieses Daniel?«

Skudder überhörte den bewußt beleidigenden Tonfall, in dem diese Frage gestellt war. Beinahe ungerührt schüttelte er den Kopf. »Wir sind frei«, sagte er. »Niemand sagt uns, was wir zu tun und zu lassen haben. Woher kommst du, Laird? Aus dem Süden?«

Natürlich antwortete sie nicht, aber diesmal schien Skudder ihr Schweigen als Zustimmung zu deuten, denn er fuhr unvermittelt fort: »Ich weiß, daß diese Narren dort uns verachten. Aber weißt du, Laird, sie und ihre famosen Städte und ihre sogenannte Zivilisation können uns gestohlen bleiben. Der Preis, den sie dafür bezahlen, ist mir zu hoch.«

Städte? Es gelang Charity nicht ganz, ihre Überraschung zu verbergen. Und ihre Erleichterung. Immerhin bewiesen ihr Skudders Worte, daß es nicht überall auf der Erde so schlimm auszusehen schien wie in dieser Einöde.

»Von welchem Preis sprichst du?« fragte sie wie beiläufig.

Skudder schnaubte. »Die Sklaverei«, antwortete er heftig. »Oh, ich weiß, ihr wollt es nicht wahrhaben, aber es ist nichts anderes. Wir . . .« Er brach ab, sah sie einen Moment lang fast betroffen an und verzog die Lippen dann zu einem dünnen, widerwillig anerkennenden Lächeln.

»Du kommst nicht aus dem Süden.«

»Nein«, sagte Charity. »Das habe ich auch nicht behauptet.«

Skudder schüttelte seufzend den Kopf. »Du . . .«

Eine Gestalt in schwarzem Leder trat hinter Skudder und beugte sich zu ihm herab. Charity verstand nicht, was der Shark sagte, aber es schien nichts zu sein, was Skudder erfreute, denn auf seinem Gesicht machte sich ein eindeutig besorgter Ausdruck breit. Ein paar Sekunden lang hörte er dem Mann schweigend zu, dann nickte er, stand mit einer kraftvollen Bewegung auf und sah Charity bedauernd an.

»Wir müssen unsere Unterhaltung später fortsetzen«, sagte er. »Raoul bringt dich zurück.«

Charity stand ebenfalls auf, und sie war fast überrascht, daß sie sich beinahe ausgeruht fühlte. »Keine Fragen?«

Skudder lächelte. »Du würdest sie sowieso nicht beantworten, oder? Und die Fragen, die *du* gestellt hast, waren sehr interessant.« Er lächelte ein wenig breiter, als er ihre Betroffenheit bemerkte, gab Raoul einen Wink und sah zu, wie sein Stellvertreter sich erhob und mühsam auf sie zuhumpelte. Sie würden einen herrlichen Anblick bieten, dachte Charity sarkastisch, wenn sie durch das Lager humpelten und sich dabei gegenseitig stützten.

6

Nets rechte Hand war losgebunden worden, als sie wieder zu ihr zurückkam, und dicht daneben stand eine kleine, verbeulte Metallschüssel mit Wasser; auf ihrem Rand eine Scheibe gebratenes Fleisch, und darauf wiederum ein Stück Brot. Doch Net machte keinerlei Anstalten, danach zu greifen, obwohl sie so hungrig wie Charity sein mußte.

Raoul fesselte sie wieder, aber längst nicht so fest wie beim ersten Mal. Er lächelte sogar entschuldigend, als er sich aufrichtete, drehte sich dann aber beinahe hastig um und humpelte davon. Charity blickte ihm verwirrt nach. Je länger sie ihn ansah, desto sicherer wurde sie, daß es wirklich der Mann war, dem sie ins Bein geschossen hatte — und desto unmöglicher erschien ihr dieser Gedanke.

Seufzend drehte sie den Kopf und sah Net an. Haßerfüllt blickte die *Wastelanderin* sie an.

»Wie geht es dir?« fragte Charity unbeholfen. Eine ziemlich dumme Frage, aber irgendwie mußte sie das Gespräch schließlich beginnen. Net antwortete auch nicht, sondern starrte sie nur weiterhin voller Verachtung und hilfloser Wut an.

»Das mit eurem Haus tut mir leid«, fuhr sie fort. »Ich wäre nicht zu euch gekommen, wenn ich gewußt hätte, was . . . was passiert?«

Net verzog das Gesicht. »Oh, das mit dem Haus tut dir leid. Das ist tröstlich. Sonst tut dir nichts leid?« Ihre Stimme bebte vor Zorn.

»Ist sonst noch etwas . . .« Charity stockte — und begriff endlich. »Deine Eltern?«

»Sie sind tot«, bestätigte Net. »Bob konnte entkommen, aber Mom und Dad haben sie umgebracht.« Sie deutete mit einer abgehackten Kopfbewegung auf den Wächter, der zusammengekauert dasaß und ihrer Unterhaltung zuhörte. Ein flüchtiges, sehr häßliches Lächeln huschte über sein düsteres Gesicht, als Net fortfuhr. »Er hat ihnen die Kehlen durchgeschnitten. Und er hätte mich auch getötet, wenn sie mich nicht gebraucht hätten, um dich zu kriegen.«

»Was nicht ist, kann ja noch werden«, sagte Kink beinahe freundlich.

Net reagierte gar nicht auf seine Worte. »Gibt es sonst noch irgend etwas, was dir leid tut?« fuhr sie fort.

Charity antwortete nicht, aber plötzlich konnte sie Nets Blick nicht mehr standhalten. Betroffen senkte sie den Kopf. Skudder hatte sie belogen — zumindest hatte er es ihr nicht gesagt, was auf das gleiche hinauslief. Nach einer Weile hob sie den Blick und sah wieder zum Feuer hinüber.

Im Lager hatte sich eine gewisse Unruhe breitgemacht. Die meisten Sharks waren aufgestanden, einige gingen zu ihren Maschinen hinüber. Auf den Felsen, die das Lager an drei Seiten wie eine natürliche Wehrmauer umgaben, waren Männer mit Gewehren aufgetaucht, die gebannt in die Dunkelheit starrten. Charity suchte vergebens nach Skudder oder Raoul, die beide irgendwo in dem Gewimmel aus schwarzgekleideten Gestalten verschwunden waren.

»Was ist los?« Die Frage galt Kink, der ebenfalls den Kopf gedreht hatte, aber keine Anstalten machte, aufzustehen.

Der Shark zuckte mit den Schultern. »Keine Ahnung«, gestand er. »Mir auch egal. Ich soll aufpassen, daß ihr zwei Hübschen keine Dummheiten macht.«

Charity schenkte ihm einen bösen Blick, den Kink mit einem hämischen Grinsen beantwortete, und wandte sich wieder an Net.

»Wir sind wieder in den Bergen, nicht wahr?« sagte sie. »Ungefähr in der Gegend, in der wir uns das erste Mal getroffen haben.«

Net nickte widerwillig. »Ja.«

Aber nach allem, was sie gehört hatte, lag das Gebiet der Sharks nur zwei oder drei Stunden von Nets Farm entfernt — und es war früher Vormittag gewesen, als Skudder sie überwältigt hatte. Charity fragte vergebens, warum die Sharks diesen Umweg in Kauf genommen und sogar ein Nachtlager aufgeschlagen hatten, statt sie gleich in ihr Lager zu bringen. Die Gegend hier schien alles andere als sicher zu sein, wie das Benehmen der Sharks deutlich verriet. Plötzlich tauchte Skudder wieder auf. Er rief ein paar Befehle, und seine Sharks teilten sich in drei gleich große Gruppen auf, von denen eine die Männer oben auf den Felsen verstärkte, während die beiden anderen das Lager in unterschiedlichen Richtungen verließen. Nur eine Handvoll Männer blieb am Feuer zurück.

»Irgend etwas stimmt da nicht«, murmelte Charity. Sie sah Net an. »Gibt es außer euch und den Sharks noch andere Gruppen hier?«

Net nickte und zuckte dann mit den Schultern. »Keine, die so verrückt wären, Sharks anzugreifen«, murmelte sie. Sie versuchte es zu verbergen, aber Charity spürte deutlich, daß auch sie sich ihre Gedanken über die plötzliche Aufregung unter den Sharks machte. »Vielleicht . . . irgendwelche Tiere«, fügte sie unsicher hinzu. »Diese Gegend ist gefährlich.«

»Maul halten«, sagte Kink grob. Auch er wurde allmählich nervös. Er stand auf, kam drohend auf Net zu und ging neben ihr in die Hocke. Net versuchte mit der freien Hand nach seinem Gesicht zu schlagen, aber der Shark fing den Hieb spielerisch ab, verdrehte ihren Arm und griff mit der anderen Hand nach dem Strick, um sie wieder zu fesseln.

»Ich verschnüre dich besser wieder«, sagte er. »Nachher kommst du noch auf dumme . . .«

Eine dünne, rasiermesserscharfe Klinge zuckte aus der Dunkelheit und streifte seine Kehle. Er griff sich an den Hals und begann zu keuchen. Seine Augen weiteten sich. Beinahe lautlos sackte er nach vorne, fiel gegen Net und wäre zur Seite gekippt, hätten sich nicht plötzlich zwei dürre, graue Hände nach ihm ausgestreckt und ihn gehalten.

»Keinen Laut!« sagte ein dünnes Stimmchen. »Halt ihn fest, Net. Wenn die anderen etwas merken, sind wir alle erledigt.«

Charity sah hastig zum Feuer hinüber. Die vier oder fünf Sharks, die zurückgeblieben waren, blickten gebannt in die Nacht hinaus. Keiner sah auch nur in ihre Richtung. Aber das konnte sich verdammt schnell ändern.

Gurk durchschnitt Nets Fesseln und half ihr, den toten Shark in eine halbwegs sitzende Position zu bugsieren. Sie benutzten sein Gewehr, um ihn zu stützen. Für jemanden, der nur sehr flüchtig herübersah, mochte es aussehen, als döse er vor sich hin.

»Gurk!« murmelte sie überrascht. »Wo kommst du denn . . .«

»Still!« zischte der Gnom. »Ich mache dich los, aber halt um Gottes willen den Mund!« Er sagte es so laut, daß es Charity fast wie ein kleines Wunder vorkam, daß die Sharks seine Stimme nicht hörten. Aber sie verstummte gehorsam. Der Gnom war mit einem Satz bei ihr, durchtrennte auch ihre Fesseln und legte den ausgestreckten Zeigefinger über die Lippen, als sie etwas sagen wollte.

»Schnell jetzt!« wisperte er. »Sie sind abgelenkt, aber Skudder und die anderen kommen bestimmt gleich wieder. Keinen Laut!«

Charity deutete ein Nicken an, blickte aber konzentriert zum Feuer hinüber.

»Ich verschwinde jetzt«, wisperte Gurk ihr ins Ohr. »Gib mir einen Augenblick Vorsprung, okay? Wir rechnen ab, wenn wir uns wiedersehen.«

»Abrechnen?« wiederholte Charity verstört. »Wieso? Was meinst du?«

Gurk lachte leise. »Mach dir keine Sorgen. Du hast unbegrenzten Kredit bei mir.«

»Warte!« sagte Charity hastig. »Du . . .«

Aber Gurk hörte schon gar nicht mehr zu. Für ein, zwei Sekuden hörte sie noch seine Schritte, dann verklangen auch sie; der Zwerg war so lautlos verschwunden, wie er aufgetaucht war.

Und als sie den Kopf drehte, um nach ihm zu sehen, hatte auch Net sich davongemacht.

Entschlossen sprang auch Charity auf und schlich sich davon in die Schwärze der Nacht.

Raoul senkte das Fernglas und gab es ihm zurück, schüttelte aber rasch den Kopf, als Skudder es ansetzen wollte. »Hat keinen Zweck mehr«, sagte er halblaut. »Sie ist zwischen den Felsen verschwunden. Irgendwo dort oben.« Seine Hand machte eine vage Bewegung in die Dunkelheit hinein.

»Und Kink?«

»Tot«, antwortete Raoul knapp. Nach einer kurzen Weile fügte er hinzu. »Aber das hast du ja wohl gewollt, oder?«

Skudder war nicht sicher, aber er glaubte so etwas wie einen Vorwurf aus Raouls Worten herauszuhören.

»Nein«, antwortete er grob, während er sich fragte, ob Raoul vielleicht sogar recht hatte. »Aber ich kann nicht gerade sagen, daß es mir das Herz bricht.«

Raoul sah ihn an, und obwohl Skudder nicht in seine Richtung blickte, sondern die Dunkelheit zu durchdringen versuchte, in der Laird untergetaucht war, spürte er seine Blicke wie eine unangenehme Berührung.

»Irgendeines Tages bricht dir dein Gerechtigkeitssinn noch den Hals«, prophezeite er düster.

Skudder antwortete gar nicht. Wenn er an dem, was passiert war, überhaupt etwas bedauerte, dann höchstens den Umstand, Kink nicht selbst den Hals aufgeschlitzt zu haben. Außerdem hatten sie wichtigere Dinge zu tun, als sich den Kopf über das Schicksal eines Psychopathen zu zerbrechen, der in seinem

Leben mehr Menschen umgebracht hatte, als er Läuse auf dem Kopf gehabt hatte.

»Was ist mit dem Mädchen?«

»Die *Wastelanderin*?« Raoul zuckte mit den Achseln. »Sieht so aus, als wäre sie in die entgegengesetzte Richtung gelaufen. Die beiden waren wohl nicht unbedingt dicke Freundinnen.« Er lächelte, griff unter seine Weste und zog einen flachen, schwarzen Kasten heraus. Auf seiner Vorderseite begann ein mattgrünes, münzgroßes Auge zu leuchten, als er einen Knopf drückte. Ein winziger roter Punkt bewegte sich über den Miniaturbildschirm. Sehr langsam, und noch nicht sehr weit von seinem Zentrum entfernt.

Skudder betrachtete den Sucher einen Moment lang nachdenklich, dann, als Raoul ihm das Gerät auffordernd hinhielt, schüttelte er den Kopf. Er mochte die Technik der Moroni so wenig wie sie selbst. Außerdem kannte er andere Mittel und Wege, einer Spur zu folgen.

»Noch nicht«, sagte er. »Gebt ihr eine Stunde Vorsprung. Die Jungs sollen ein bißchen Lärm machen, damit sie glaubt, wir suchen sie.«

Raoul nickte wortlos, steckte den Sucher wieder ein und wollte sich herumdrehen, aber Skudder hielt ihn noch einmal zurück. »Bart und ein paar Jungs sollen das Mädchen zurückholen«, befahl er. »Aber vorsichtig. Ich will sie lebend und unverletzt. Und bringt mir diesen verdammten Zwerg.«

»Auch lebend und unverletzt?« fragte Raoul.

Skudder antwortete erst nach einer Weile. »Lebend«, sagte er.

7

Die Nacht war wie eine schwarze Wand, in die sie hineingelaufen war. Während der ersten zehn Minuten rannte sie einfach, blindlings und beinahe ziellos, stürmte durch Dickicht und dürres Geäst. Es kam Charity gar nicht richtig zu Bewußtsein, daß sie auf diese Weise früher oder später sehr wohl in eine *wirkliche* Schlucht stürzen konnte. Für Minuten hatte sie Panik übermannt; es war pures Glück, daß sie sich in dieser Zeit nicht selbst umbrachte oder den Sharks geradewegs wieder in die Arme lief. Aber schließlich übernahm ihr bewußtes Denken wieder die Kontrolle über ihre Handlungen. Sie lief langsamer, versuchte sich zu orientieren — ein Vorhaben, das sie rasch wieder aufgab — und blieb schließlich stehen, um zu lauschen. Im ersten Moment hörte sie nur das Hämmern ihres eigenen Herzschlages und ihre eigenen, lauten Atemzüge, aber nach einer Weile begann sie andere Geräusche zu identifizieren — das Heulen des Windes, hier und da ein gedämpftes Knacken, das ihr verriet, daß sie nicht das einzige Lebewesen in dieser Einöde war, und ganz leise die Stimmen der Sharks.

Aufmerksam sah sie sich um, entdeckte nicht weit entfernt einen Felsen, der die Ebene wie ein einsamer Wachtturm überragte, und machte sich an den Aufstieg.

Aber sie war kaum einen Meter weit gekommen, als sie verwirrt innehielt. Was im blassen Silberlicht des Mondes wie ein Fels ausgesehen hatte, war in Wahrheit eine von Moos überwucherte, verwitterte Ruine.

Ohne es zu bemerken, war sie die ganze Zeit durch eine Ruinenlandschaft gelaufen: Schwarze Steinhaufen schimmerten im Mondlicht, alte Stahlträger stachen in den Nachthimmel. Es war eine verfallene Stadt — eine Stadt, die sie vielleicht gekannt hatte.

Diese Erkenntnis erschreckte sie, und plötzlich wußte sie, wo sie war, zweifelsfrei . . . Der zerborstene Turm, vor dem sie stand, hatte einmal zu einer kleinen, weißen Kirche gehört, das Schiff war verschwunden, aber es gab keinen Zweifel: Auf der Vorderfront des Schuttberges neben ihr hatten einmal die Buchstaben TOWN HALL gestanden.

Es war Brainsville. Drei Monate vor ihrer Flucht in den Bunker war sie hier gewesen, und dann noch einmal am Abend der Katastrophe, aber da hatte die Stadt schon gebrannt.

Der Gedanke erschreckte sie. Zum ersten Mal sah sie wirklich, was mit ihrer Welt geschehen war. Alles andere, die Berge, die Ebene, die zerfallene Farm, selbst die Sharks, gehörte zu einer völlig anderen Welt, in die sie hineingeschleudert worden war, aber Brainsville war der erste wirkliche und unleugbare *Beweis*, daß es sie nicht auf einen anderen Planeten oder in ein anderes Universum verschlagen hatte.

Charity schauderte. Es fiel ihr schwer, die Lähmung abzuschütteln, mit der dieses jähe Wiedererkennen sie erfüllte, und sich in Erinnerung zu rufen, warum sie eigentlich hier war.

Irgendwo in den Ruinen hörte sie ein Geräusch. Charity fuhr zusammen, griff ganz instinktiv nach dem leeren Halfter an ihrer Seite und wurde sich schmerzhaft der Tatsache bewußt, daß sie unbewaffnet war.

Wenigstens wußte sie endlich, wo sie sich befand. Sie war

nur ein paar Meilen vom Haupteingang des Bunkers entfernt — fünf, sechs Meilen bergauf.

Alles andere als ein Spaziergang, aber mit etwas Glück konnte sie es schaffen, ehe es Tag wurde.

Wieder — und nicht zum letzten Mal — kamen ihr Zweifel. Vielleicht hatte Gurk ja recht gehabt, und es war nichts als eine Legende, und vielleicht fand sie statt den sagenumwobenen Tiefen nur eine ausgebrannte Ruine — aber wenn es sie gab, dann wußte sie, wo sie sie suchen mußte. In den Ruinen von SS Nulleins.

Es wurde wirklich kein Spaziergang. Die Sharks hatten ihr auch ihre Uhr abgenommen, so daß sie nicht wußte, wie lange sie so durch die Nacht irrte, aber es waren Stunden. Charity fühlte sich bald so erschöpft, daß sie sich am liebsten einen Platz zum Schlafen gesucht hätte, ganz egal, ob sie nun von den Sharks verfolgt wurde oder nicht. Sie hatte die Ruinen durchsucht und schließlich eine rostige Eisenstange gefunden, keine besonders gute Waffe, aber besser als nichts.

Der Anstieg war eine Tortur gewesen. Es war, als ginge sie nicht nur den Berg hinauf, sondern auch in der Zeit zurück, ein zweites, schreckliches Durchleben dieser letzten Meilen, die sie sich durch eine sterbende Welt gekämpft hatte. Selbst das Panzerwrack stand noch da, das ihr vor so vielen Jahren den Weg gewiesen hatte; fast völlig von Unkraut und Gestrüpp überwuchert, aber scheinbar unverändert, trotz all der Jahre, die seither vergangen waren. Charity schlug einen gewaltigen Bogen um den rostigen Stahlkoloß. Sie hatte die glühenden Insektenaugen nicht vergessen, die sie damals aus den Schatten heraus angestarrt hatten.

Die letzte Meile war die schlimmste. Die Straße war verschwunden, und wo der stacheldrahtumzäunte Vorplatz mit seinen Geschützstellungen und den Toren gewesen war, erhob sich eine gewaltige Schutthalde.

Charity hatte nichts anderes erwartet. Die sagenhaften Tiefen wären kaum so lange unentdeckt geblieben, wenn das Tor zu ihrem Reich jedem offengestanden hätte. Es gab andere Eingänge — sie kannte sie zwar nicht — aber sie würde sie finden.

Jetzt, im nachhinein, kam es ihr fast lächerlich vor, und so ganz nebenbei auch wie ein grausamer Scherz des Schicksals: Sie war wahrscheinlich nur ein paar Dutzend Meter von den überlebenden Bunkerbewohnern entfernt gewesen, als sie aufgewacht war. Hätte sie diese verdammte Panzertür aufbekommen, statt sich der Rutsche anzuvertrauen, dann wäre ihr diese ganze haarsträubende Flucht vielleicht erspart geblieben.

Sie verscheuchte diesen Gedanken, bedachte die gewaltige Schutthalde vor sich mit einem letzten, fast wehleidigen Blick und ging weiter.

Beinahe wäre es der letzte Schritt ihres Lebens gewesen.

Das *Ding* stand ganz plötzlich vor ihr, so lautlos und schnell, wie sich nur Insekten zu bewegen vermögen, und so abrupt, als wäre es buchstäblich aus dem Boden gewachsen. Es sah aus wie eine riesige Heuschrecke — und es wirkte verdammt gefährlich.

Charity machte einen halben Schritt zurück und erstarrte wieder, als sich auch die Heuschrecke bewegte: Ihr runder Kopf zuckte, die fingerdicken Antennenfühler peitschten erregt in ihre Richtung, und eine ihrer schrecklichen Fangscheren machte ein schnappendes Geräusch. Charity sah, wie sich die muskulösen Hinterläufe ganz sacht bewegten, als sammele sie Kraft für einen Sprung.

Charity machte einen weiteren vorsichtigen Schritt, und wieder vollführten die Fangarme der Heuschrecke diese zupackende Bewegung. Charity erstarrte wieder. Ihre Gedanken überschlugen sich. Sie wagte es nicht, sich zu rühren, ja, nicht einmal heftig zu atmen. Das Ungeheuer schien nur auf Bewegung zu reagieren, zumindest hoffte sie, daß es so war — aber selbst, wenn sie recht hatte, nutzte ihr das verdammt wenig. Sie wußte, wie ungeheuer geduldig Insekten sein konnten, und sie war unbewaffnet, so daß sie es auch nicht riskieren konnte, die Heuschrecke zu attackieren. Mit der Eisenstange würde sie überhaupt nichts ausrichten. Aber sie konnte auch nicht mehr lange reglos stehenbleiben. Sie . . . sie mußte etwas *tun.*

Irgendwo hinter ihr erscholl ein Geräusch, und der Kopf der Heuschrecke ruckte in einer absurden Bewegung herum. Ihre Mandibeln zuckten nervös.

Wieder ertönte irgendwo hinter ihr dieses Geräusch, und diesmal identifizierte sie es als das Tappen schwerer, weicher Pfoten, das allmählich näher kam. Etwas schlich sich von hinten an sie an, und dann —

Und dann ging alles furchtbar schnell. Ein schrilles, wütendes Heulen erscholl, und plötzlich flog ein graues, massiges Etwas über Charitys Kopf hinweg und prallte wie ein pelziger Ball gegen die gepanzerte Brust des Rieseninsektes, das sich blitzschnell auf die hinteren Beinpaare aufgerichtet hatte. Charity sah kleinfingerlange, blendendweiße Zähne im Mondlicht aufblitzen. Das graue Wesen grub sich splitternd durch den Chitinpanzer der Heuschrecke.

Wölfe! dachte Charity fassungslos. Das . . . das waren *Wölfe!* Fast ein Dutzend der riesigen hundeähnlichen Kreaturen fielen heulend und geifernd über die Heuschrecke her. Doch das Rieseninsekt wehrte sich mit der ganzen mörderischen Kraft eines Titanenkörpers. Charity sah seine Fangarme wie tödliche Hornkeulen wirbeln; einer der Wölfe heulte vor Schmerzen auf, und die Dunkelheit spie immer noch mehr der grauen Jäger aus. Sie schienen keinerlei Respekt vor der überlegenen Kraft ihres Gegners zu haben. Charity wich Schritt für Schritt zurück, während die Riesenheuschrecke sich verzweifelt gegen die graue Übermacht zur Wehr setzte.

Vorsichtig drehte sie sich herum —

— und unterdrückte im letzten Moment einen Schrei.

Sie war nur noch zwei oder drei Schritte vom Waldrand entfernt, aber es hätten ebensogut zwei oder drei Meilen sein können, oder auch zwei Lichtjahre — denn zwischen ihr und den rettenden Bäumen stand ein gewaltiger, schwarzgrau gescheckter Wolf, der sie aus brennenden Augen anstarrte. Er regte sich nicht, aber seine Lefzen waren drohend zurückgezogen und entblößten ein fürchterliches Gebiß, und aus seiner Brust drang ein tiefes, drohendes Knurren.

»Nicht bewegen!«

Die Stimme kam irgendwo aus der Dunkelheit. Charity unterdrückte mit allerletzter Macht noch einmal ein erschrockenes Zusammenzucken; eine Bewegung, die den Wolf vielleicht zum Angriff provoziert hätte.

»Keine Bewegung«, sagte die Stimme noch einmal. »Egal, was passiert.«

Die Ohren des Wolfes zuckten aufmerksam, ohne daß er sie jedoch auch nur eine Sekunde aus dem Auge ließ. Er schien die Gefahr instinktiv zu spüren, die sich ihm von hinten näherte. Aber er sah auch die Beute, die vor ihm stand.

Das Unterholz teilte sich raschelnd, und ein zwei Meter großer Gigant stürzte hervor. Der Wolf stieß ein schrilles Knurren aus und wirbelte herum, aber er war eine Winzigkeit zu langsam.

Skudders Tomahawk traf seinen Schädel mit tödlicher Präzision und spaltete ihn.

»Weg jetzt!« Der Shark packte sie grob am Arm und zerrte sie einfach mit sich; keine Sekunde zu früh, wie Charity mit einem Blick über die Schulter erkannte. Die Heuschrecke war unter dem Anprall des Wolfsrudels zu Boden gegangen und wurde gerade in Stücke gerissen, aber einige Wölfe waren auch auf Skudder und sie aufmerksam geworden und jagten heran.

Sie erreichten den Waldrand, und sie retteten sich vor den Wölfen, wie sich Menschen seit einer Million Jahre vor ihnen gerettet hatten. Skudder hetzte mit weit ausgreifenden Sprüngen auf einen mächtigen Baum los, packte Charity kurzerhand bei den Hüften und warf sie einfach in die Höhe. Instinktiv griff sie nach einem Ast, bekam ihn zu fassen und zog sich hastig hinauf, während Skudder mit weit vorgestreckten Armen nach einem weiteren Ast sprang —

— und ihn verfehlte.

Er schrie auf, stürzte anderthalb Meter in die Tiefe und kam mit einem Fluch wieder auf die Beine. Die Wölfe jagten heran; zwei, drei, fast ein halbes Dutzend grauer Schatten. Charity schrie erschrocken auf. Aber Skudder schaffte es. Er versuchte nicht noch einmal, nach dem Ast zu springen, sondern kletterte mit schier unglaublicher Schnelligkeit am Baumstamm hinauf, während die Wölfe mit wütend gefletschten Zähnen auf ihn zufederten.

»Skudder — hier!« Charity beugte sich vor, hielt sich mit einem Arm am Ast fest und streckte Skudder die andere Hand entgegen. Mit einer ungeheuren Kraftanstrengung zog sie ihn zu sich herauf. Und dann war er es, der *sie* halten mußte, weil sie vor Erschöpfung fast vom Ast fiel.

Sekundenlang saß sie einfach da und rang keuchend nach Atem, ehe ihr zu Bewußtsein kam, daß Skudder sie noch immer festhielt. Zornig befreite sie sich aus seiner Umarmung und stieß ihn von sich. Skudder grinste.

»Wenn du jetzt darauf wartest, daß ich mich bei dir bedanke, dann täuschst du dich«, sagte sie ärgerlich. Skudders Grinsen wurde noch ein bißchen breiter, aber er schwieg. Und das machte Charity noch rasender.

Wütend blickte sie nach unten. Die Wölfe hatten den Baum eingekreist und sprangen kläffend und jaulend an seinem glatten Stamm empor. Es kamen immer mehr. Offenbar hatte das Rudel nicht besonders lange gebraucht, um die Heuschrecke aufzufressen.

»Das war knapp«, sagte Charity leise.

Skudder lachte. »Die Heuschrecke war übrigens völlig harmlos«, sagte er amüsiert. »Sie sind Pflanzenfresser. Sie werden nur gefährlich, wenn sie sich verteidigen müssen.«

Charity starrte ihn zornig an. Gleichzeitig hatte sie das heftige Bedürfnis, sich selbst zu ohrfeigen. Vor allem, als Skudder im gleichen, fast beiläufigen Tonfall fortfuhr: »Ziemlich leichtsinnig von dir, allein und unbewaffnet durch diese Gegend zu laufen, findest du nicht? Du wärst nicht die erste, die von den Wölfen gefressen wird. Sie waren schon eine ganze Weile auf deiner Spur.«

»So wie du?«

Skudder schüttelte den Kopf. »Nein. Ich bin den Wölfen gefolgt. Aber ich wußte schon seit einer Stunde, wo du bist.«

»Warum hast du dann nicht einfach gewartet, bis sie mich erledigen?« fragte Charity. Ihr Zorn galt eigentlich mehr sich selbst als Skudder. Er hatte nur zu recht — es war mehr als nur leichtsinnig von ihr gewesen, einfach loszulaufen, in einer Welt, von der sie wenig mehr wußte, als daß sie die meisten ihrer Bewohner getrost als Feinde betrachten konnte.

»Ich soll dich lebend abliefern«, erinnerte Skudder. Er schüttelte den Kopf. »Wo wolltest du überhaupt hin? Hier gibt es im Umkreis von hundert Meilen nichts, wohin es sich zu fliehen lohnen würde.«

Charity zog es vor, nicht auf diese Frage zu antworten, sondern blickte wieder zu den Wölfen hinab. Die Tiere gerieten immer weiter außer sich. Mit einer fragenden Geste deutete Charity auf die Maschinenpistole — *ihre* MP, wie sie ärgerlich registrierte —, die in Skudders Gürtel steckte. »Warum knallst du nicht ein paar von ihnen ab?« fragte sie. »Vielleicht verschwinden die anderen dann. Ich habe keine Lust, auf diesem Baum zu übernachten.«

Skudder schüttelte den Kopf. »Warum sollte ich sie erschießen?« fragte er ernst. »Sie tun uns nichts mehr. Und sie gehen sowieso bald.«

Tatsächlich schienen die ersten Wölfe bereits das Interesse an Charity und ihm zu verlieren. Hier und da sprang noch einer der grauen Jäger in die Höhe und versuchte den Baum zu erklimmen, aber die Tiere schienen allmählich zu begreifen, daß ihnen diese Beute entwischt war.

»Es war ziemlich dumm von dir zu fliehen«, sagte Skudder noch einmal. »Nicht, daß ich es nicht auch versucht hätte — aber ich hätte mir eine andere Richtung ausgesucht, weißt du? Nicht einmal die Reiter wagen sich in die Berge.«

»Nur die tapferen Sharks, wie?« fragte Charity höhnisch.

Skudder schüttelte den Kopf. »Nicht einmal die«, sagte er. »Außer, wenn sie müssen. Du hast Glück, daß du noch lebst.«

»Ich habe mich schon bedankt«, sagte Charity spitz. »Oder?«

»Versuch es nicht noch einmal«, fuhr Skudder unbeeindruckt fort. »Ich weiß nicht, ob ich jedesmal rechtzeitig zur Stelle sein kann, um dich zu retten. Es gibt Schlimmeres hier als die Wölfe.«

Charity antwortete nicht mehr. Statt weiter mit ihm zu reden, blickte sie wieder nach unten.

Die Wölfe zogen sich tatsächlich langsam zurück; zuerst einzeln, dann in kleineren und größeren Gruppen, die in nördlicher Richtung im Unterholz verschwanden, bis nur noch ein einzelnes Tier unter dem Baum saß, das hechelnd und mit heraushängender Zunge wie ein Hund dasaß, ehe es sich ebenfalls davonmachte.

Trotzdem vergingen noch gute zehn Minuten, bevor Skudder hinuntersprang. Mit einer kraftvollen Bewegung schwang er sich zur Seite, hing einen Moment lang mit ausgestreckten Armen wie ein Reckturner am Ast und ließ sich schließlich in die Tiefe fallen. Fast gegen ihren Willen mußte Charity die kraftvolle Geschmeidigkeit seiner Bewegungen bewundern. Er fiel, rollte sich blitzschnell über die Schulter ab und kam wieder auf die Füße; gleichzeitig zog er die Axt aus dem Gürtel — nicht die Schußwaffe, wie Charity sehr wohl registrierte.

Er wurde nicht angegriffen. Das Unterholz spie weder Wölfe noch andere Ungeheuer aus, und nach einer Weile richtete er sich wieder auf und hob die Arme. »Spring!« sagte er.

Charity sprang tatsächlich. Aber sie ließ sich nicht in seine Arme fallen, wie er wohl angenommen hatte, sondern drehte sich halb um ihre Achse, landete ein gutes Stück neben ihm, rollte über die Schulter ab — und griff warnungslos an. Ihr Fuß beschrieb einen perfekten Halbkreis und traf sein Kinn mit der dreifachen Wucht eines Faustschlages.

Die meisten anderen Männer hätte dieser Tritt getötet oder kampfunfähig gemacht, zumal Skudder so überrascht war, daß er nicht einmal versuchte, ihm auszuweichen.

Aber Skudder stürzte nicht, sondern taumelte nur zwei, drei Schritte mit wild rudernden Armen zurück und fing sich wieder. Benommen schüttelte er den Kopf.

Charity setzte sofort nach. Mit aller Kraft stieß sie sich ab, drehte sich halb in der Luft und rammte ihm beide Füße vor die Brust, und *diesmal* stürzte er, schwer und ohne einen Laut.

Aber er war in der gleichen Sekunde wieder auf den Füßen wie sie. Charity schlug mit der flachen Hand nach seinem Hals, und versuchte ihm gleichzeitig das Knie zwischen die Beine zu rammen, doch er fing ihre Schläge ab, beinahe spielerisch, wie es ihr vorkam, und versetzte ihr im Gegenzug eine schallende Ohrfeige, die sie haltlos zurücktorkeln ließ.

Dennoch beging er den Fehler, sie wieder zu unterschätzen. Charity versuchte nicht, ihm auszuweichen oder ihn aufzuhalten. Ganz im Gegenteil packte sie seine ausgestreckten Arme, zerrte mit aller Kraft daran und ließ sich gleichzeitig nach hinten kippen. Skudder prallte mit einem erschrockenen Laut gegen ihr plötzlich hochgerissenes Knie, schien mit einem Male schwerelos zu werden und segelte drei, vier Meter weit mit wild rudernden Armen durch die Luft.

Charity war mit zwei blitzschnellen Schritten bei ihm, zerrte die MP aus seinem Gürtel und wich wieder zurück. Hastig entsicherte sie die Waffe und legte auf ihn an.

Skudder richtete sich stöhnend auf und griff nach seinem Kopf. Als er seine Finger wieder zurückzog, klebte Blut daran.

»Bewege dich, und du bist tot«, sagte Charity drohend.

Skudder betrachtete eine Sekunde lang seine blutigen Fingerspitzen, ehe er aufsah. Sein Blick wirkte eher vorwurfsvoll als zornig. »Ich habe dich schon wieder unterschätzt«, sagte er. »Allmählich wird das zu einer schlechten Angewohnheit. Wo hast du gelernt, dich so zu prügeln?«

»Da, wo ich auch gelernt habe, wie man mit Typen wie dir umgeht«, antwortete Charity wütend. Als er sich bewegen wollte, fügte sie drohend hinzu. »Bleib unten. Du bist mir ein bißchen zu schnell.«

Skudder erstarrte tatsächlich, aber er sah nicht besonders ängstlich aus. Ganz im Gegenteil — er lächelte, als er in den Lauf der MP blickte, die Charity auf sein Gesicht richtete. »Das tust du ja doch nicht«, behauptete er.

»Bist du sicher?«

Skudder nickte. »Sehr. Du schießt ebensowenig auf einen Unbewaffneten wie ich. Ich werde jetzt aufstehen.«

Charitys Daumen berührte eine winzige Taste auf der MP, und auf dem schwarzen Leder, das Skudders rechtes Knie umhüllte, erschien ein münzgroßer, blutroter Punkt. Der Lasersucher stieß ein kaum hörbares, aber scharfes Summen aus.

»Möchtest du eine Kugel dorthin?« fragte Charity. »Es macht mir nichts aus.«

Skudder zögerte. Zum erstenmal, seit sie ihn kennengelernt hatte, wirkte er unsicher.

»Es macht mir nicht einmal etwas aus, dich hinterher eigenhändig wieder auf den Baum zu schleppen, damit dich die Wölfe nicht fressen, Skudder«, sagte Charity ernst. »Aber ich drücke ab, wenn du auch nur hustest.«

Skudder betrachtete fast eine Minute lang den roten Lichtfleck auf seinem Knie, ehe er wieder zu ihr aufsah. »Du hast keine Chance«, sagte er leise. »Glaub mir, du überlebst nicht einmal einen Tag hier draußen.«

»Ich werde mein Möglichstes tun«, erwiderte Charity ruhig. »Und jetzt leg dich hin. Auf den Bauch und mit ausgestreckten Armen und Beinen.«

Skudder zögerte noch einmal, aber dann begann er — sehr langsam — Charitys Befehl auszuführen. Aber er beendete die Bewegung nicht. Plötzlich erstarrte er. Seine Augen wurden groß, während sich sein Blick auf etwas hinter ihr heftete.

Charity seufzte. »Wenn du glaubst, ich falle auf diesen Trick herein, Skudder«, sagte sie. »Der war schon alt, als ich geboren wurde. Und das ist lange her.«

»Es ist kein Trick.« Skudders Lippen preßten sich zu einem schmalen, fast blutleeren Strich zusammen. »Verdammt, ich wollte, es wäre einer«, flüsterte er.

Charity zögerte. Entweder war Skudder der beste Schauspieler, dem sie jemals begegnet war — oder der Ausdruck fast panischen Schreckens auf seinem Gesicht war echt. Aber auf keinen Fall wollte sie sich herumdrehen.

Natürlich tat sie es trotzdem.

Nein — es war kein Trick. Sie waren nicht mehr allein, ein gutes Dutzend Männer und Frauen in eng anliegenden, hellblauen Uniformen bildeten einen weiten Halbkreis um sie und Skudder. Die Uniformen sahen ihrer zum Verwechseln ähnlich. Und die Waffen, die sie in den Händen hielten, waren ganz eindeutig Lasergewehre. Die Haut des Dutzends Männer und Frauen war sehr blaß. Kein Zweifel — sie hatten die Tiefen gefunden. Und sie waren weit mehr als eine Legende. Charity ließ mit einem erleichterten Seufzen ihre Waffe sinken und trat den Uniformierten entgegen.

Sie fand nicht einmal mehr Zeit, die Bewegung zu bedauern.

Einer der zwölf Laser stieß einen dünnen, grellroten Blitz aus, der ihr das Bewußtsein nahm.

8

Im Verlaufe der letzten halben Stunde hatte sich der rote Punkt im oberen Drittel des Sucherbildschirmes nicht mehr bewegt. Dann, vor ein paar Minuten, war er wieder zitternd weitergewandert, aber nur um ein winziges Stückchen, um dann wieder zur Reglosigkeit zu erstarren. Seither wurde er schwächer. Ganz so, als entferne er sich langsam aus dem Aufnahmebereich des Suchers, nahm seine Leuchtkraft ganz allmählich ab, ohne daß er sich auch nur um einen Millimeterbruchteil von der Stelle rührte.

Jeden anderen an Raouls Stelle hätte dieses Phänomen zumindest verwirrt, wenn nicht sogar erschreckt. Raoul nicht. Nüchtern registrierte er das sonderbare Verhalten des Leuchtpunktes, versuchte Schlüsse daraus zu ziehen und wog die verschiedenen möglichen Erklärungen gegeneinander ab.

Er hörte Schritte, verbarg den Sucher rasch unter seinem Hemd und sah auf. Bart näherte sich ihm, und wie sie alle sah er sehr nervös aus. Das Gewehr hielt er in der linken Hand, die rechte hing in einer Schlinge vor seiner Brust, sie war mit einem schmutzigen Verband umwickelt — ein kleines Andenken an das Wolfsrudel, auf das sie vor einer Stunde gestoßen waren. Sie hatten drei Männer verloren, und fast ein Dutzend war mehr oder weniger schwer verwundet worden, ehe es ihnen gelungen war, die Biester in die Flucht zu schlagen.

»Sie kommen«, sagte Bart. Er deutete mit dem Gewehrlauf auf den Felsen, auf dessen Spitze einer der Männer Wache hielt. Raoul hatte die Motorräder, die sich mühsam die halbverfallene Straße hinaufquälten, schon seit einer geraumen Weile gehört.

»Soll ich den Jungs Bescheid sagen?« fragte Bart. »Wir können gleich weiterfahren.« Mit einem verlegenen Lächeln fügte er hinzu. »Ist vielleicht besser, wenn wir nicht zu lange hier bleiben.«

Raoul überlegte einen Moment. Dann schüttelte er den Kopf. »Nein«, sagte er. »Wir warten noch, bis es hell ist.«

»Skudder ist schon ziemlich lange weg«, gab Bart zu bedenken. »Wir sollten nach ihm suchen. Ich . . . mache mir allmählich Sorgen um ihn.«

»Brauchst du nicht«, sagte Raoul kalt. »Wir warten noch.«

Bart sah betroffen aus. Aber natürlich wagte er es nicht, noch einmal zu widersprechen.

Dieses Mal wachte sie nicht einfach auf — jemand prügelte sie ins Bewußtsein zurück, nicht besonders heftig, aber ziemlich ausdauernd. Charity stöhnte. *Warum konnten diese Idioten nicht auf die altmodische Weise vorgehen?* dachte sie zornig. *Ein Eimer Wasser hätte es doch auch getan!*

Der Zorn mobilisierte neue Kräfte in ihr. Sie öffnete die Augen, versuchte instinktiv die Hand vor das Gesicht zu heben und stellte fest, daß sie gefesselt war.

Die Hand klatschte ein letztes Mal in ihr Gesicht, dann schien ihr Besitzer endlich zu merken, daß sie wach war, und zog sich einen Schritt zurück.

Charity war nicht sicher — aber sie *glaubte* zumindest, das Gesicht wiederzuerkennen: Es war einer der Tiefen, denen

Skudder und sie draußen vor dem Hang begegnet waren. Sie befanden sich nicht mehr im Freien, sondern in einem kleinen, weiß gestrichenen Raum, der von einer Anzahl Neonröhren in kaltes Licht getaucht wurde. Das Gesicht über ihr war bleich, und die weiße Helligkeit ließ es noch blasser erscheinen, als es ohnehin schon war. Wären die Augen schwarz umrandet gewesen und hätte jemand noch eine Träne darunter gemalt, dann hätte dieses Gesicht ausgesehen wie eine Pierrot-Maske.

»Sie können aufhören, auf mich einzuschlagen«, sagte sie endlich.

»Halt den Mund«, erwiderte der Mann. »Du sprichst nur, wenn du gefragt wirst.«

»Zu Befehl«, sagte Charity — was ihr prompt eine weitere, schallende Ohrfeige einhandelte. Ihre Wangen brannten jetzt wie Feuer. Aber sie unterdrückte jeden Schmerzlaut und starrte den Weißgesichtigen nur an.

Er war nicht der einzige Tiefe, der sich im Raum aufhielt. Charity lag lang ausgestreckt auf einer Art Feldbett, an das sie gefesselt war, immerhin aber konnte sie den Kopf bewegen. Auf der anderen Seite des Raumes, nur knapp drei Meter entfernt, stand eine zweite, gleichartige Liege, auf der gefesselt eine Gestalt in schwarzem Leder lag. Zwei Gestalten in hellblauen NASA-Uniformen lehnten lässig an der Wand neben ihm, und zwei weitere hatten sich neben Charitys Bett postiert. Also fünf, wenn sie den Mann mitrechnete, der sie geweckt hatte. Ein ziemlicher Aufwand, wenn man bedachte, daß sie gefesselt waren.

»Wer bist du?« fragte der Mann mit dem bleichen Gesicht. Seine Stimme klang scharf und so, als wäre er es nicht gewohnt, eine Frage zweimal zu stellen.

»Mein Name ist Laird«, sagte sie. »Captain Charity Laird von der U.S. Space Force.« Sie deutete mit einer Kopfbewegung auf seine Uniform und fügte lächelnd hinzu: »Wir sind vom selben Haufen, Kamerad.«

Er zog eine Grimasse, die Erstaunen ausdrückte. Aber ihre Antwort schien ihn zumindest so weit zufriedenzustellen, daß er darauf verzichtete, sie wieder zu ohrfeigen.

»Wo kommst du her?« fuhr er fort. »Und wie kommst du an diese Kleidung?«

»Warum bindest du mich nicht los, und wir reden in aller Ruhe über alles?« fragte sie. »Ich stehe auf eurer Seite.«

»Niemand steht auf unserer Seite — außer uns«, erwiderte der Tiefe. Er sagte es mit sonderbarer Betonung, fand Charity. Sehr schnell und irgendwie heruntergeleiert, wie etwas, das er sich selbst so oft eingehämmert hatte, bis er gar nicht mehr darüber nachdachte. Er wechselte auch sofort wieder das Thema und fuhr mit einer Geste auf Skudder fort: »Was hast du mit diesem Shark zu schaffen?«

»Nichts«, antwortete Charity.

»Warum wart ihr dann zusammen?«

Allmählich machte dieses Verhör Charity wirklich wütend. »Falls es deiner geschätzten Aufmerksamkeit entgangen sein sollte«, sagte sie böse, »ich war gerade dabei, mich von ihm zu verabschieden, als ihr aufgetaucht seid.«

»Ihr seid zusammen hierhergekommen«, beharrte der Tiefe. »Warum?«

»Das sind wir nicht«, mischte sich Skudder ein. »Sie sagt die Wahrheit. Ich war hinter ihr her.«

»Er ist anhänglich«, bestätigte Charity, während sie erstaunt zu Skudder hinübersah. Der Shark wirkte sehr ernst. Nicht ängstlich, aber besorgt.

»Sie lügen, Mark«, sagte einer der anderen Tiefen. »Das ist ein Trick. Wir sollten sie erschießen und den Wölfen zum Fraß vorwerfen.«

Mark nickte. »Vielleicht tun wir das«, sagte er ernst, dann wandte er sich wieder an Charity. »Es sei denn, du hast ein paar sehr gute Antworten, Laird. Also — wo kommst du her und woher hast du diese Kleidung?«

Charity seufzte lautlos. Aber vielleicht war es das beste, Marks Fragen einfach der Wahrheit nach zu beantworten. »Ich komme aus New York«, antwortete sie. »Und diese Kleider sind meine Uniform. Die Dienstkleidung eines Raumpiloten der U.S. Space Force.«

Auf Marks Hieb war sie nicht gefaßt. Bunte Schmerzblitze

flackerten vor ihren Augen. Ihre Unterlippe blutete ein wenig.

»Du lügst.«

»Nein«, sagte Charity gepreßt. »Aber ich kann mir gerne ein paar Lügen ausdenken, wenn dir die Wahrheit nicht gefällt.«

Marks Augen funkelten, aber er verzichtete darauf, sie noch einmal zu schlagen, und wandte sich an Skudder.

»Gut, dann zu dir, Shark. Du bist also Skudder.« Er lachte ganz leise. »Es freut mich, dich persönlich kennenzulernen. Ich habe viel von dir gehört.«

Skudder nickte. »Es ist wirklich ein Kreuz, so berühmt zu sein«, sagte er im Plauderton. »Aber ich kann es . . .«

Mark versetzte ihm einen Faustschlag ins Gesicht, und Skudder verstummte. Ein dünnes, böses Lächeln erschien auf seinen Lippen, und plötzlich war es der Tiefe, der einen halben Schritt vor dem Shark zurückwich, nicht umgekehrt.

»Deine dummen Sprüche werden dir vergehen«, prophezeite Mark. »Du kommst hier nicht mehr lebend raus. Wir haben lange auf dich gewartet.«

Skudder blickte haßerfüllt zu ihm auf, aber seine Stimme war ganz ruhig, als er antwortete: »Das ist mir klar, Mark. Ihr könnt mich nicht leben lassen, jetzt, wo ich weiß, wo ich euch suchen muß. Aber laßt Charity laufen. Sie sagt die Wahrheit. Sie gehört wirklich eher zu euch als zu uns.«

»Ja, und deshalb nimmst du sie auch in Schutz, nicht wahr?« sagte Mark höhnisch. »Ich glaube dir kein Wort. Wahrscheinlich habt ihr diese Uniform irgendwo gefunden und kommt euch jetzt besonders schlau dabei vor, uns dieses kleine Schmierentheater vorzuspielen. Sie ist eine von euch.«

Skudder schwieg eine Weile. Charity konnte sehen, wie es hinter seiner Stirn arbeitete. »Selbst wenn es so wäre«, sagte er schließlich. »Dann wäre es um so dümmer, uns umzubringen. Oder glaubst du wirklich, wir beide wären allein gekommen?«

»Nein«, antwortete Mark ungerührt. »Ich weiß sogar, daß es nicht so ist. Aber wenn du darauf hoffst, daß deine Aasgeier dir zu Hilfe eilen, irrst du dich. Wir wissen von jedem einzelnen, wo er ist. Wenn sie hierherkommen, töten wir sie.«

»Ach?« sagte Skudder spöttisch. »Übernehmt euch nicht.«

»Er hat recht, Skudder«, sagte Charity ernst. »Deine Männer haben keine Chance. Dieser Bunker ist eine Festung.«

Skudder sah sie verwirrt an, und auch Mark drehte sich wieder herum. »Woher willst du das wissen?«

»SS Nulleins«, antwortete Charity betont. »Die größte und sicherste Bunkeranlage der westlichen Welt. Sechsundzwanzig Ebenen, von denen einige allerdings zerstört sein dürften. Ausgerüstet mit den modernsten Waffensystemen, einer autarken Energieversorgung und Startvorrichtungen für drei Space Shuttles, von denen noch zwei unten im Hangar stehen. Noch mehr?«

Mark schwieg eine ganze Weile, und zum ersten Mal schienen ihm Zweifel zu kommen. Aber dann machte er eine abrupte, wegwerfende Handbewegung. »Das beweist nichts«, behauptete er. »Das kannst du überall erfahren haben.«

»Überall vielleicht nicht, aber du hast natürlich recht«, antwortete Charity. »Aber ich kann dir gerne einen Grundriß der Kommandoebene zeichnen. Ich kann dir sagen, wie viele Räume es dort unten gibt und wie sie aussehen. Und ich habe noch etwas, was dich vielleicht überzeugt.«

»Und was?«

Charity berührte mit dem Kinn ihre Brust. »Schau unter meiner Jacke nach.«

Mark zögerte, beugte sich dann aber fast hastig vor und öffnete den Klettverschluß ihrer Uniformjacke. Charity bedauerte ein bißchen, ihren Körperschild nicht eingeschaltet zu haben. Sie hätte diesem eingebildeten Ekel einen kleinen Stromschlag gegönnt.

Marks Augen weiteten sich, als er die kleine, silberfarbene Erkennungsmarke sah, die an einer Kette um ihren Hals hing. »Ein . . . Class-A-Ausweis?« fragte er ungläubig.

»Sieht so aus«, antwortete Charity ärgerlich. »Machst du mich jetzt los?«

Mark wollte etwas entgegnen, als plötzlich ein heller, durchdringender Pfeifton erklang und auf dem kleinen Schaltpult neben der Tür ein rotes Lämpchen aufleuchtete. Mark fuhr fast erschrocken herum.

»Ja?« sagte er.

»Bringt sie zu mir«, antwortete eine Stimme aus einem unsichtbar angebrachten Lautsprecher. »Sofort.«

»Beide?« fragte Mark. »Sie sind . . .«

»Beide«, unterbrach ihn die Lautsprecherstimme. »Den Shark und Captain Laird. Und behandelt sie gut.« Ein scharfes Knacken verriet, daß der Lautsprecher abgeschaltet worden war, ohne eine Antwort abzuwarten. Mark blickte noch eine Weile hilflos ins Leere, dann straffte er sich und gab seinen Begleitern einen Wink, Charity und Skudder loszubinden.

Der Weg führte nach unten, und zum ersten Mal, seit Charity SS Nulleins betreten hatte, begriff sie wirklich, *wie* gigantisch die Bunkeranlage war — schließlich war es ja auch das erste Mal, daß sie den Weg bis zur zwanzigsten Ebene hinab zu Fuß zurücklegen mußte. Irgendwo zwischen drei- und vierhundert hörte sie auf, die Stufen zu zählen, die Skudder und sie hinuntergingen; größtenteils einfach, weil sie all ihre Konzentration brauchte, um auf der halbzerstörten Betontreppe nicht das Gleichgewicht zu verlieren.

Die Treppe war nur schwach erhellt und lediglich notdürftig repariert worden, so daß es manchmal zu einer geradezu lebensgefährlichen Kletterei wurde, mit Mark und seinen Begleitern Schritt zu halten. Zu allem Überfluß hatte Mark ihr Handschellen angelegt.

Von der Bunkeranlage sah Charity nur wenig. Die Türen, an denen sie vorüberkamen, waren ausnahmslos verschlossen, und auch als sie endlich ihr Ziel erreicht hatten — die verblichene Ziffer auf der Tür behauptete, daß es sich um die zweiundzwanzigste Ebene handelte —, sahen sie wenig mehr als einen kahlen, von nur wenigen Neonröhren erhellten Korridor. Aber anders als der Treppenschacht war er nicht verfallen. Es gab weder Trümmer noch irgendwelche Schäden, ja, nicht einmal Staub. Obwohl menschenleer, machte dieser Teil des Bunkers einen durchaus bewohnten Eindruck. Es war tatsächlich so, wie sie angenommen hatte — sie war nur ein paar Dutzend

Schritte von hier aufgewacht! Hätte sich diese verdammte Tür geöffnet, dann . . .

»Stehenbleiben!«

Marks Stimme riß sie in die Wirklichkeit zurück. Sie gehorchte, versuchte aber über seine Schulter hinwegzublinzeln, als er die Tür öffnete und mit schnellen Schritten dahinter verschwand. Charity erhaschte einen kurzen Blick auf einen hellen, sehr sauberen Raum. Männer und Frauen in hellblauen und weißen Uniformen saßen vor eingeschalteten Computern.

»Phantastisch«, murmelte Skudder neben ihr. Sie sah auf und erkannte, daß sich sein Gesicht zu einer Grimasse verzerrt hatte. »Und das nennt ihr Leben?«

Charity antwortete nicht gleich. Skudders Bemerkung ärgerte sie. Dieser Bunker, der Computerraum hinter der Tür, ja, selbst Mark in seiner blauen Space-Force-Uniform, das alles hatte ihr für Augenblicke das Gefühl gegeben, nach Hause gekommen zu sein. Skudders Worte zerstörten diese Illusion.

»Nein«, antwortete sie. »Aber ich glaube nicht, daß sie es sich ausgesucht haben.«

Skudder konnte nicht mehr antworten, denn in diesem Moment kam Mark zurück und machte eine befehlende Geste. »Mitkommen.«

»Wohin bringen Sie uns?« fragte Skudder.

»Zu unserem Führer«, erwiderte Mark kalt. Skudder fuhr fast unmerklich zusammen, aber Charity war nicht sonderlich überrascht. *Captain* Laird, hatte die Lautsprecherstimme gesagt, und das Wort *Captain* war ihr ein bißchen zu glatt über die Lippen gegangen. Sie hatte das bestimmte Gefühl, zu wissen, wer sie auf der anderen Seite der Tür erwartete.

Sie durchquerten den Raum, in den Charity gerade hineingesehen hatte und der wirklich so etwas wie eine Computerzentrale zu sein schien. Die Männer und Frauen an den Pulten waren ausnahmslos so blaß und schlank wie Mark, und ihre gleichförmige Kleidung ließ sie wie Automaten wirken. Sie fühlte sich in einen jener alten Science-Fiction-Filme versetzt, in denen die Menschen nach einer Atomkatastrophe in unterirdischen Bunkeranlagen überlebt hatten, menschliche Maulwürfe, die nicht einmal mehr wußten, daß es einmal einen Himmel gegeben hat, der nicht aus Stein oder Beton bestand.

Nur, daß dies keine erfundene Geschichte war, sondern die Wirklichkeit. Und daß sie hundertmal schlimmer war als alles, was menschliche Phantasie jemals ersonnen hatte.

Endlich hatten sie den Raum durchquert, und Mark öffnete eine weitere Tür. Charity registrierte, daß rechts und links des Duchganges bewaffnete Posten standen, die sie und Skudder mit unverhohlenem Mißtrauen musterten.

Als sie durch die Tür traten, wurden sie von grellen Scheinwerfern geblendet. Hinter einem richtigen Schreibtisch saß eine Gestalt, die sie im gleißenden Licht kaum wahrnehmen konnten.

Ärgerlich hob sie die gefesselten Hände ans Gesicht und blinzelte. »Was soll dieser Unsinn, Stone?« fragte sie. Sie sah, wie Skudder erstaunt zusammenfuhr und sie aus großen Augen anblickte, und auch auf Marks Gesicht erschien ein fragender Ausdruck. »Wir haben jetzt lange genug Theater gespielt, finden Sie nicht?« fuhr sie fort. »Schalten Sie das blödsinnige Licht aus!«

Im ersten Moment geschah nichts. Dann bewegte sich der Schatten hinter dem Lichtvorhang, und ein leises, sehr dünnes Lachen erscholl. Etwas klickte, und das Licht erlosch.

Es dauerte ein paar Sekunden, bis sich Charitys Augen wieder an die veränderten Lichtverhältnisse gewöhnt hatten — und dann noch einmal eine Weile, bis sie begriff, daß sie sich getäuscht hatte.

Es war nicht Stone. Aber sie kannte das Gesicht auf der anderen Seite des Schreibtisches trotzdem; obwohl es sich auf unglaubliche Weise verändert hatte.

»Niles!« flüsterte sie fassungslos.

9

Raoul schob sich Zentimeter für Zentimeter auf den Hang zu. Er hatte zwanzig Minuten gebraucht, um die zehn Schritte vom Waldrand bis zum Fuß der Geröllhalde zurückzulegen, auf dem Bauch kriechend und so langsam, daß er manchmal das Gefühl gehabt hatte, überhaupt nicht mehr von der Stelle zu kommen. Die ganze Zeit über hatte er das kleine, blinkende Glasauge nicht einmal aus den Augen gelassen, das aus der Schutthalde herab auf den Waldrand starrte.

Keiner der anderen hätte es bemerkt, und auch Raoul hatte es nur gesehen, weil er erstens ziemlich genau gewußt hatte, wonach er suchen mutße, und weil es sich bewegte — sehr langsam, aber unaufhörlich.

Eine halbe Drehung nach rechts, Pause.

Eine halbe Drehung nach links, Pause . . .

Manchmal, wenn ein fallendes Blatt, ein Staubwirbel oder ein kleines Tier in seinen Sichtbereich gekommen waren, hatte es angehalten, aber nie für sehr lange.

Raoul kannte diese Art von Überwachungsgeräten, und das war auch der Grund, warum er sich auf Händen und Knien und im Schneckentempo bewegte. Immer dann, wenn das matte Glasauge direkt in seine Richtung blickte, erstarrte er zu völliger Reglosigkeit. Dann atmete er nicht einmal mehr.

Es war eine Videokamera, aber das kleine, in unregelmäßigen Abständen flackernde rote Auge darunter verriet ihm auch, daß sie nicht permanent eingeschaltet, sondern mit einem primitiven Melder gekoppelt war, der auf jegliche Art von Bewegung reagierte. Er vermutete, daß es Dutzende, wenn nicht Hunderte solcher künstlichen Augen gab, die das Gelände rings um den Berg absuchten. Wahrscheinlich waren sie mit einem Computer gekoppelt, der jede registrierte Bewegung auswertete.

Raoul hatte die Schutthalde erreicht. Die Kamera war ihm so nahe, daß er nur die Hand auszustrecken brauchte, um sie zu berühren.

Sein Blick huschte über die Trümmerlandschaft aus Felsbrocken und Schutt und blieb an einem niedrigen, dreieckigen Spalt hängen. Der Eingang. Hier nur konnte der Eingang liegen.

Langsam, unendlich langsam, richtete er sich auf und streckte die Hand nach der Kamera aus. Zwischen seinen Fingern glitzerte ein rundes Glas, geschliffen wie ein Prisma, aber viel zu dick dafür, und auf sonderbare Weise gleichzeitig durchsichtig wie milchig.

Seine Hand brauchte zehn Minuten, um die knapp zwanzig Zentimeter zurückzulegen, und seine Kräfte drohten abermals zu erlahmen. Er wartete. Die Kamera drehte sich, hielt an, drehte sich weiter, richtete sich für einen Moment genau auf seine Hand. Raouls Finger zuckten in einer unglaublich schnellen Bewegung vor.

Das Prismenglas prallte klirrend gegen die Aufnahmeoptik und verdeckte sie. Für den Bruchteil einer Sekunde verzerrten graue Schlieren das Glas, und Raoul wußte, daß jetzt irgendwo im Inneren des Berges eine Alarmglocke anschlug und wahrscheinlich ein Monitor zum Leben erwachte.

Dann klärte sich das Glas, und unten auf dem Monitor würde im gleichen Moment nichts anderes als das vertraute Bild des Waldrandes zu sehen sein, farbig und dreidimensional und sogar mit der Illusion von Bewegung — aber ohne die Sharks, die auf sein Zeichen hin aus ihrer Deckung traten und sich dem Hang näherten. Das Prisma filterte sie einfach heraus, so, wie es alles aus dem Bild herausgefiltert hätte, von dem Raoul wollte, daß es es tat. Es war ein kleines Wunderwerk, dieses harmlos aussehende Glas. Es war nicht auf der Erde gemacht worden.

Raoul erhob sich stöhnend und verbrachte die nächsten Minuten damit, seine Hand- und Fußgelenke zu massieren, bis das Leben kribbelnd in seine Glieder zurückkehrte. Dann drehte er sich zu Bart und den gut hundert anderen Sharks herum, die hinter ihm stehengeblieben waren, zog seine Waffe und deutete auf den dreieckigen Spalt im Berg.

»Los!« befahl er.

Es ist völlig unmöglich, dachte Charity, absolut ausgeschlossen. Aber der Mann auf der anderen Seite des Schreibtisches war Niles. Niles, mit dem sie zum Mond und zum Mars und dann zum Sternenschiff hinaufgeflogen war. Sie hatte ihn gemocht, hatte gern mit ihm zusammengearbeitet. Niles war ein gutes Jahr jünger als sie gewesen, ein Bild von einem Mann, sehr intelligent, nur manchmal hatte er sich darin gefallen, den dummen Nigger zu spielen.

Jetzt aber war er . . .

Charity starrte das Gesicht auf der anderen Seite des Tisches an, suchte krampfhaft nach Worten und versuchte vergeblich, das Entsetzen zu unterdrücken, mit dem der Anblick sie erfüllte.

Niles war *alt*. Unglaublich alt. Sein Gesicht schien nur noch aus Runzeln und Falten zu bestehen. Er hatte keine Haare mehr. Seine Wangen waren eingefallen, und seine Augen, die immer so lebenslustig und wach gewirkt hatten, waren vom Alter trüb geworden.

»Großer Gott«, flüsterte sie schließlich.

Mehr brachte sie nicht heraus. Sie konnte nicht in Worte fassen, welche Gefühle Niles' Anblick in ihr auslöste. Und dann dachte sie, daß ihre Reaktion ihn tief verletzen mußte. Betreten senkte sie den Blick.

»Sie müssen sich nicht entschuldigen, Laird«, sagte er. Seine Stimme war dünn, wirkte aber dennoch voller Kraft. »Für mich war es ein ebensolcher Schock, Sie zu sehen. Aber ich war nicht ganz unvorbereitet.«

Er deutete auf einen der kleinen Bildschirme, die nebeneinander auf einem Bord hinter dem Schreibtisch aufgereiht waren. »Ich hatte eine halbe Stunde, mich an den Gedanken zu gewöhnen.« Er lachte. »Ich habe mir eine Menge kluger Worte zurechtgelegt, mit denen ich Sie begrüßen wollte — aber eigentlich ist das alles albern. Wer ist Stone?«

Charity sah wieder auf. Es fiel ihr noch immer schwer, dem Blick seiner um zwei Generationen gealterten Augen standzuhalten.

»Niemand«, antwortete sie.

»Niemand?«

»Ein Mann, den ich hier zu treffen erwartete. Es spielt keine Rolle.« Plötzlich fiel ihr wieder der erste Gedanke ein, der ihr durch den Kopf geschossen war, als sie ihn erkannte. »Wieso leben Sie noch?«

Die Worte taten ihr schon im gleichen Moment wieder leid, in dem sie sie aussprach. Selbst in ihren eigenen Ohren klangen sie fast wie ein Vorwurf. Aber Niles schien ihr die Bemerkung nicht übelzunehmen.

»Unkraut vergeht nicht, das wissen Sie doch.« Er lachte wieder, aber diesmal klang es nicht echt. Charity hatte das Gefühl, daß ihm das Sprechen große Mühe bereitete. Er hustete.

»Ich habe es überlebt, so wie Sie — wenn ich mich auch nicht ganz so gut gehalten habe.«

»Aber New . . .«

»Ich bin herausgekommen«, unterbrach sie Niles. »Fragen Sie mich nicht wie. Ich weiß es nicht mehr. Irgendwie habe ich es geschafft. Und andere auch. Die . . . die Vernichtung war nicht so total. Sie haben Manhattan ausradiert und einen Teil der Küste, aber wir . . . hatten Glück.«

»Und Ihre Frau.«

»Sie ist tot«, antwortete Niles. »Meine Tochter auch. Sie hatten weniger Glück als ich.« Er lächelte milde. »Es macht mir nichts aus, darüber zu reden«, sagte er, und es klang ehrlich. »Es ist lange genug her, wissen Sie?«

»Wer ist das?« mischte sich Skudder ein. »Ihr kennt euch?«

»Halt den Mund!« rief Mark und hob drohend die Hand, als wolle er Skudder schlagen. Niles winkte hastig ab.

»Sie sind manchmal wirklich etwas zu übereifrig, Mark«, sagte er mit sanftem Tadel. Er seufzte, drehte sich mühsam in seinem Stuhl um und bedachte Skudder mit einem langen, nachdenklichen Blick.

»Also Sie sind der legendäre Skudder«, sagte er schließlich. Er seufzte wieder. »Geben Sie mir Ihr Ehrenwort, mich weder anzugreifen noch zu fliehen, wenn ich Mark Sie losbinden lasse?«

Mark sog scharf und hörbar erschrocken die Luft zwischen den Zähnen ein, und auch Skudder sah für einen Moment sehr verwirrt aus. Niles seufzte erneut.

»Ich hasse es, mit einem gefesselten Mann zu sprechen, Mister Skudder«, sagte er. »Habe ich Ihr Wort?«

Skudder nickte, und Niles machte eine neuerliche, befehlende Geste zu Mark. »Binden Sie sie los, Mark. Beide.«

»Aber . . .«

»Bitte!« sagte Niles noch einmal. Seine Stimme klang eher ungeduldig als verärgert. »Ich weiß, was Sie sagen wollen, Mark. Auch ich habe schon eine Menge über Mister Skudder gehört — aber daß er sein Wort bricht, gehört nicht dazu.«

»Wie Sie meinen«, entgegnete Mark ärgerlich und machte sich an die Arbeit. Er öffnete Charitys und Skudders Handschellen und bezog wieder Posten.

»Es ist gut, Mark. Ich rufe Sie, wenn ich etwas brauche. Bitte lassen Sie uns allein.«

Mark wurde sichtlich blaß, widersprach aber nicht. Mit einem übertrieben zackigen Gruß drehte er sich herum und stampfte aus dem Raum, gefolgt von seinen drei Begleitern. Niles sah ihm kopfschüttelnd nach. Dann wandte er sich in fast entschuldigender Tonart an Skudder.

»Ein guter Mann, wenn auch manchmal etwas hitzig. Ihnen ist doch klar, daß ich nicht für Ihr Leben garantieren kann, nicht wahr?«

Skudder nickte. »Völlig klar. Aber wieso legen Sie Ihr Leben in meine Hände? Sie sind ein alter Mann — und ich könnte Ihr Genick brechen, ehe Sie auch nur um Hilfe rufen.«

»Kaum«, antwortete Niles überzeugt. »Und ich bin nicht ganz so schutzlos, wie Sie vielleicht glauben, Mister Skudder.« Er lächelte, schwenkte seinen Stuhl wieder zu Charity herum und sah sie an, und plötzlich begriff sie, daß sein kurzes Gespräch mit Skudder keinen anderen Sinn gehabt hatte, als ihr einige Sekunden Zeit zu verschaffen, mit ihrer Überraschung fertig zu werden.

»Wenn Sie wollen, lasse ich Mister Skudder hinausbringen«, sagte er. »Aber es wäre mir lieber, wenn er . . .« Er warf Skudder einen raschen, schwer zu deutenden Seitenblick zu. ». . . wenn er dabei wäre«, fuhr er nach einer winzigen Pause fort. »Im Gegensatz zu Mark und den meisten anderen hier bin ich nämlich nicht der Meinung, daß er ein blutrünstiger Barbar ist. Ganz im Gegenteil. Er ist ein guter Mann. Er steht nur auf der falschen Seite.«

Skudder wollte etwas sagen, aber Niles brachte ihn mit einem raschen Kopfschütteln zum Verstummen. »Hören Sie einfach zu, Mister Skudder. Ich bin sicher, Sie werden hinterher so manches mit anderen Augen sehen.«

Skudder zog eine Grimasse, entgegnete aber nichts.

»Was ist passiert?« fuhr Niles fort, wieder an Charity gewandt. »Sie waren im Kälteschlaf, nehme ich an?«

»Sie wissen davon?«

Niles nickte. »Es gibt nicht viel in dieser Station, von dem wir nichts wissen«, antwortete er mit sanftem Tadel. »Wir hatten Zeit genug, sie zu erkunden. Wir haben einen Großteil wieder aufgebaut, wissen Sie? Leider ist es uns nie gelungen, in den Raum mit den Hibernationstanks vorzudringen. Er war von innen versiegelt. Es war mir klar, daß jemand die Tanks benutzt hatte. Ich habe nur nicht zu hoffen gewagt, daß ausgerechnet Sie es sein könnten. Und daß wir uns noch einmal wiedersehen.«

»Das war nicht so ganz freiwillig«, murmelte Charity. »Was ist passiert, Niles? Wieviel Zeit ist vergangen, und wer . . .«

Niles unterbrach sie mit einer beruhigenden Handbewegung. »Viel«, antwortete er. »Sie sehen es ja. Es müssen . . .« Er überlegte einen Augenblick, dann lächelte er wieder. »Ziemlich genau siebenundfünfzig Jahre. Ich bin jetzt sechsundachtzig.« Er öffnete eine Schublade seines Tisches und sah hinein. »Falls es Sie interessiert, Captain Laird, heute ist der 16. Juni 2057.«

»Und . . .«

Wieder unterbrach sie Niles mit einer Geste. »Ich verstehe, daß Sie tausend Fragen haben, Captain«, sagte er. »Aber es wäre besser, wenn wir unsere Geschichten nacheinander erzählen. Meine ist länger — also fangen Sie vielleicht an?«

Es war keine Frage, sondern ein Befehl, aber Charity spürte auch, daß Niles hier nicht den Commander spielen wollte. Er war einfach seit so langer Zeit daran gewöhnt, Befehle zu erteilen, daß ihm nicht einmal mehr bewußt wurde, was er tat.

»Es ist verrückt«, sagte Charity. »Sie haben recht, Niles — ich war in einem dieser Tanks. Ich . . . ich bin vielleicht hundert Meter von hier aufgewacht.«

»Wer war noch bei Ihnen?« fragte Niles. »Außer diesem Stone?«

»Niemand«, antwortete Charity. »Und er war auch nicht mehr da, als ich erwacht bin. Er muß vor mir den Bunker verlassen haben. Als ich gestern das erste Mal von Ihnen . . . von Ihren Leuten hörte«, verbesserte sie sich rasch, »da hoffte ich, ihn hier zu finden. Aber das spielt jetzt keine Rolle. Ich bin vor drei Tagen aufgewacht, und . . .«

Sie erzählte Niles die ganze Geschichte, beginnend mit ihrem Erwachen bis hin zu dem Moment, in dem Skudder sie vor den Wölfen gerettet und sie zusammen von Niles' Männern überwältigt wurden. Sie ließ nichts aus, obwohl sie vor Ungeduld und Neugier immer nervöser wurde, endlich *ihm* Fragen stellen zu können. Trotzdem dauerte es eine gute Stunde, ehe sie endlich mit ihrem Bericht zu Ende gekommen war. Niles hörte die ganze Zeit über mit unbewegtem Gesicht zu; nur einmal, als sie von der Begegnung mit der Heuschrecke erzählte und der Todesangst, mit der sie der Anblick des Rieseninsektes erfüllt hatte, huschte ein flüchtiges Lächeln über seine faltigen Züge.

»Sie haben sehr viel Glück gehabt, daß Sie noch leben, wissen Sie das, Charity?« fragte er, als sie schließlich zu Ende gekommen war.

Charity nickte. »Ich hatte gehofft, hier ein paar Antworten zu finden«, sagte sie dann.

Niles sah sie ernst an. »Das werden Sie. Aber sie werden Ihnen nicht gefallen, fürchte ich.«

»Ist es so schlimm?«

Niles zögerte. Ein Schatten huschte über sein Gesicht, und für einen winzigen Moment schien sein Blick geradewegs durch Charity hindurchzugehen. »Ich weiß es nicht«, sagte er dann. »Die Welt dort draußen ist die Hölle, aber wie es wirklich dort aussieht, das weiß ich so wenig wie Sie.«

»Aber Sie . . .«

»Ich«, unterbrach sie Niles mit leichter erhobener Stimme, »habe diesen Bunker seit dreiundfünfzig Jahren nicht mehr verlassen, Captain Laird. Genausowenig wie einer meiner Männer.«

»Meine Frau und ich verließen New York drei Tage nach Ihnen«, begann Niles. Er sprach mit sehr leiser, fast tonloser Stimme, als wüßte er schon jetzt, daß er lange sprechen und ihn das Reden sehr anstrengen würde und versuchte sich seine Kräfte einzuteilen.

»Ich erinnere mich noch gut an jenen Tag. Ich habe viel vergessen, was danach geschah, aber den Anblick Ihrer Maschine werde ich immer vor Augen haben.« Er lachte, ganz leise und bitter.

»Wären Sie noch einmal umgekehrt, Laird, dann wären wir mitgekommen. Ich war ein Narr, Ihr Angebot auszuschlagen.

Aber ich dachte, es wäre leichter zu sterben. Aber das ist es nicht.«

»Es wäre nicht gegangen«, sagte Charity leise. »Der Hubschrauber war zu klein.«

»Ich weiß«, sagte Niles. »Trotzdem — ich bin Ihnen sehr dankbar, daß Sie nicht zurückgekommen sind. Ich . . . weiß nicht, was ich getan hätte. Vielleicht wäre ich wirklich zum Feigling geworden und hätte meine Familie im Stich gelassen. Aber so konnte ich es nicht. Und eine halbe Stunde später spielte es sowieso keine Rolle mehr.«

Obwohl er das Gegenteil behauptet hatte, spürte Charity, wie schwer es ihm fiel, über jenen Tag zu sprechen. Aber sie unterbrach ihn nicht. Schlimmer als der Schmerz der Erinnerung, den er jetzt spürte, mußten die Jahrzehnte gewesen sein, in denen er mit niemandem darüber hatte reden können.

»Plötzlich war alles tot«, fuhr er fort, mit leerem Blick und leiser, zitternder Stimme. »Es war . . . eine Art Strahlung. Erinnern Sie sich an das Haus voller Toter, das wir in der Bronx gefunden haben?«

Charity nickte.

»Es war dasselbe«, fuhr Niles fort. »Eine Art . . . graues Leuchten, anders kann ich es nicht beschreiben. Zuerst hielt ich es für Gas, aber das war es nicht. Es . . . es war überall, und es tötete nur Menschen. Keine Pflanzen. Keine Tiere, nur Menschen. Sie fielen einfach um und waren tot, von einer Sekunde auf die andere. Aber nicht alle. Meine Tochter starb, und alle unsere Nachbarn, aber meine Frau und ich spürten nichts.«

»Es gab Überlebende in New York?« fragte Charity ungläubig.

Niles nickte und schüttelte fast gleichzeitig den Kopf. »Nicht in der City. Manhattan wurde ausgelöscht, aber wir . . . wir lebten in den Randgebieten. Vielleicht war die Strahlung dort nicht mehr so stark.« Er zuckte die Achseln. »Viele überlebten. Viele flohen, aber manche blieben auch, wenigstens in den ersten Tagen. Bis die . . .«

»Bis die *Reiter* kamen«, sagte Skudder.

Niles nickte. »Sie wissen davon?«

Skudder lächelte kalt. »Wenn Sie von demselben New York sprechen wie ich, ja. New York ist so etwas wie ihr Hauptquartier auf diesem Kontinent. Daniel kommt von dort.«

Niles' Blick nach zu urteilen, konnte er mit dem Namen Daniel noch weniger anfangen als Charity. Aber er nickte. »Bis sie kamen, ja«, bestätigte er. »Sie . . . begannen irgend etwas zu bauen, und ihre Truppen machten Jagd auf uns. Sie haben viele getötet, aber sie haben auch viele entkommen lassen. Offensichtlich kam es ihnen nur darauf an, uns aus der Stadt zu verjagen. Meine Frau und ich gehörten jedenfalls zu denen, die entkommen konnten.«

Wieder stockte er, und wieder konnte Charity sehen, wie ihn die Erinnerung zu übermannen drohte. Diesmal dauerte es sehr lange, bis er sich wieder in der Gewalt hatte.

»Ich will Sie nicht mit Einzelheiten langweilen, Charity«, sagte er dann mit veränderter Stimme. »Meine Frau starb wenige Wochen darauf, und ich irrte fast ein Jahr durch das Land, ehe ich mich bis hierher durchschlagen konnte. Als Sie und Mike sich in New York von mir verabschiedeten, da war ich bereit, zu sterben, und später, nachdem sie erst meine Tochter und dann meine Frau umgebracht hatten, da wollte ich es sogar, eine Zeitlang. Aber dann . . . dann wollte ich nur noch überleben. Irgendwie und irgendwo, um es ihnen später einmal heimzuzahlen.«

Er sah Skudder an. »Aber im Gegensatz zu den meisten hatte ich ein Ziel«, fuhr er fort. »Ich wußte von diesem Bunker, und mir war klar, daß ich nur hier eine Chance haben würde. Leider kam ich zu spät.«

»Vielleicht ist es gut, daß Sie zu spät gekommen sind, Niles«, sagte Charity ernst. »Als ich . . . in den Tank stieg, wurde der Bunker gerade angegriffen. Ich weiß nicht, ob es Überlebende gab.«

»Nein«, antwortete Niles. »Es gab keine. SS Nulleins war eine Ruine, als wir hierherkamen.«

»Wir?«

Niles machte eine Kopfbewegung zur Tür. »Ich war nicht allein. Einige von denen, die mich damals begleiteten, sind noch heute hier, aber die meisten sind tot. Mark und die anderen sind ihre Nachkommen.«

Charity starrte ihn an. Ein unglaublicher Verdacht begann in ihr emporzusteigen, aber sie verscheuchte den Gedanken, noch ehe sie ihn wirklich zu Ende denken konnte.

»Was geschah in diesem Jahr? fragte sie.

Niles lachte hart. »Unsere Welt ging unter, Captain Laird«, sagte er. »Zuerst dachte ich sogar, daß wir eine kleine Chance hätten. Ich glaube, sie haben uns unterschätzt. Es gab überall Widerstand, und nach ein paar Wochen gelang es uns sogar, sie hier und da zurückzuschlagen. Es sind Bomben gefallen. Die Chinesen hatten ein paar uralte Dinger, denen der EMP nichts ausgemacht hatte, und ich schätze, von unserer U-Boot-Flotte haben einige überlebt. Alles in allem dauerte es fast ein halbes Jahr. Aber am Ende wurden wir besiegt. Sie können nicht gegen einen Feind siegen, der über unbegrenzten Nachschub verfügt.«

»Tut er das?« fragte Charity.

Niles nickte. »Ich habe eine Menge über sie herausgefunden«, sagte er. »Die Moroni scheinen keine Geheimnisse zu haben. Sie fühlen sich so sicher, daß sie Geheimhaltung wohl nicht mehr für nötig halten. Und vielleicht sogar zu Recht. Sie herrschen nicht nur über ein paar Planeten, Charity, die Hälfte der Milchstraße gehört ihnen, und die andere Hälfte erobern sie wahrscheinlich gerade. Es ist völlig sinnlos, gegen sie zu kämpfen. Wir haben es versucht, aber sie haben uns einfach niedergewalzt.«

»Aber das ist absurd!« protestierte Charity. »Es sind . . . Ungeheuer. Ein Volk von primitiven Monstren, das . . .«

»Moron?« Niles schüttelte lächelnd den Kopf. »O nein, Charity. Was Sie gesehen haben, was ich gesehen habe, was diesen Planeten niedergeknüppelt hat, *das* waren Ungeheuer. Aber das waren keine Moroni. Niemand hat die Herren von Moron jemals zu Gesicht bekommen. Was wir gesehen haben, das waren Sklaven. Eine Art . . . lebender Kampfroboter, wenn Sie so wollen. Mehr nicht.«

»Das stimmt«, sagte Skudder. »Die *Reiter* und die anderen sind nur die Fußtruppen. Die Herren Morons verlassen ihre Festung nie.«

Charity starrte ihn fassungslos an. Alles in ihr sträubte sich dagegen, auch nur ein Wort von dem zu glauben, was sie gehört hatte. Aber gleichzeitig wußte sie auch, daß es die Wahrheit war.

»Was geschah danach?« fragte sie mit mühsam beherrschter Stimme. »Nach dem Krieg?«

»Alles brach zusammen«, berichtete Niles. »Was die Insektenkrieger oder der Graue Tod nicht niedermachten, das zerstörten unsere eigenen Bomben. Die meisten großen Städte wurden ausradiert, hier, in Europa, in Asien — überall. Die Armeen Morons zogen sich langsam zurück — die meisten starben nach wenigen Wochen. Ich vermute, daß sie sich nicht an die fremde Umgebung gewöhnen konnten. Aber manche blieben auch. Ein paar Gattungen überlebten, paßten sich an. Es gab . . . Mutationen. Kreuzungen zwischen einheimischen Lebensformen und den anderen.«

Er seufzte tief. »Sie sind noch nicht lange genug wieder hier, Charity, um es zu wissen, aber dieser Planet ist nicht mehr die Erde. Sie beginnen, ihn zu verändern. Auf unglaubliche Weise und unglaublich schnell.«

»Ich weiß«, sagte Charity.

Aus irgendeinem Grund schienen Niles diese Worte zornig zu machen. Er fuhr ein wenig hoch und sank fast in der gleichen Bewegung wieder in seinen Stuhl zurück. »Nein, das wissen Sie nicht«, sagte er heftig. »Sie wissen nicht, daß die meisten irdischen Tierarten verschwunden sind, ebenso wie die meisten Pflanzen. Die Moroni besetzen nicht einfach eine Welt. Sie *verändern* sie. Sie . . . sie sind dabei, aus unserer Erde einen anderen Planeten zu machen.«

Skudder wollte etwas sagen, aber Charity warf ihm einen raschen, warnenden Blick zu. Sie spürte, daß es besser war, Niles jetzt einfach erzählen zu lassen.

»Ich hatte viel Zeit, darüber nachzudenken«, fuhr er fort, ganz leise und fast wie im Selbstgespräch. »Wissen Sie, daß die einzige Gattung, die von der Invasion profitiert hat, die Insekten sind?«

Charity nickte. Sie erinnerte sich sehr lebhaft an ihre Begegnung mit der Heuschrecke.

»Ich vermute, daß die Moroni Insekten sind«, fuhr Niles fort. »Ich habe keinen Beweis dafür, aber ich bin trotzdem fast sicher.«

»Wieso?« fragte Skudder.

Niles bedachte ihn mit einem fast verzeihenden Lächeln. Sein Tonfall wurde dozierend, als er antwortete.

»Die Insekten waren die erste höhere Lebensform, die sich auf diesem Planeten entwickelte«, sagte er. »Und ich vermute, nicht nur hier. Sie sind perfekt: zäh, schnellebig, mit einer unglaublichen Vermehrungsrate, unvorstellbaren Körperkräften und einer Anpassungsfähigkeit, von der höhere Lebensformen als sie nicht einmal zu träumen wagen. Zu unserer Zeit gab es Hochrechnungen, junger Mann, was geschehen würde, wenn irgendein Idiot einmal den Knopf drückt und das alles hier in die Luft jagt. Wissen Sie, was dabei herausgekommen ist? Mit ziemlicher Sicherheit wären es die Insekten gewesen, die den großen Knall überlebten.«

»Sie meinen, diese Monster sind Nachfahren einer Welt, auf der . . .«

»Ich meine gar nichts«, unterbrach ihn Niles. »Es war nur ein Beispiel. Es ist auch möglich, daß die Insekten sich auf ihrer Welt einfach weiter entwickelten. Daß sie Intelligenz entwickelten. Wäre dies hier geschehen, hätte es niemals eine menschliche Rasse gegeben. Wahrscheinlich überhaupt keine Säugetiere.«

»Interessant«, knurrte Skudder. »Und was hat das alles mit Moron zu tun?«

»Nichts«, antwortete Niles. »Verzeihen Sie einem alten Mann, daß er ins Schwatzen geriet. Ich . . . habe nur versucht, mir vorzustellen, wie diese Welt einmal für unsere Enkelkinder aussehen wird.«

»Sie übertreiben doch«, sagte Charity erschrocken.

Statt zu antworten, stand Niles umständlich auf. Mit kleinen, mühsamen Schritten schlurfte er zu einer Computerbank neben der Tür, drückte einige Tasten und ging zu seinem Stuhl zurück. Hinter seinem Schreibtisch glomm ein fast wandgroßer Monitor auf. Charity erkannte eine Satellitenaufnahme der

Erde, offenbar aus extrem großer Höhe aufgenommen und mit einer Kamera, die ihre besten Zeiten hinter sich hatte. Das Bild war alles andere als scharf; voller Schnee, und auch die Farben stimmten nicht.

Skudder riß erstaunt die Augen auf. »Was ist das?«

»Die Erde«, antwortete Niles. »Unser Planet, mein Freund. Aus großer Höhe aufgenommen.« Er amüsierte sich einige Sekunden über Skudders erstaunte Miene, dann wandte er sich wieder an Charity.

»Wir haben noch Verbindung mit einigen der alten Satelliten«, sagte er.

Charity trat neugierig näher. Irgend etwas . . . stimmte nicht mit diesem Bild. Aber sie wußte noch nicht, was.

»Ich dachte, die Bomben hätten sie alle zerstört.«

»Ein paar nicht«, antwortete Niles kopfschüttelnd. »Dieser und zwei oder drei andere waren hoch genug, um die Explosion zu überstehen.«

»Wenigstens zum Teil«, schränkte Charity ein, aber Niles schüttelte sofort wieder den Kopf.

»Sie irren sich. Der Satellit ist völlig in Ordnung.«

»Aber die Farben . . .«

»Stimmen nicht, ich weiß«, fiel ihr Niles ins Wort. »Aber sie sind so.«

»Das ist unmöglich!« protestierte Charity. Sie trat um den Schreibtisch herum und ging ganz nahe an die riesige Video-Wand heran.

Dann erkannte sie, daß Niles recht hatte. Die Farben stimmten wirklich nicht, aber das lag nicht an der Kamera. Es war der Planet, der sich verändert hatte. Sie entdeckte große, manchmal sicherlich Tausende von Meilen messende Flecken, die einen unwirklichen, purpurfarbenen Ton angenommen hatten.

»Was ist das?« fragte sie atemlos.

»Ich weiß es nicht«, antwortete Niles. »Niemand, der je versucht hat, diese Gebiete zu erforschen, ist zurückgekehrt. Das ist das, was sie aus unserer Welt machen.« Seine Stimme zitterte. »Sie kolonisieren die Erde nicht einfach. Sie . . . verändern sie. Verstehen Sie, was ich meine? Das da ist eine völlig fremde Vegetation, eine andere Tier- und Pflanzenwelt ... vielleicht sogar eine fremde Atmosphäre.«

»Wie bitte?« sagte Charity erschrocken.

Niles nickte. »Wir haben versucht, Einzelheiten herauszufinden, aber es ist unmöglich. Nicht von hier aus. Auch die Zusammensetzung der gesamten Erdatmosphäre hat sich in den letzten fünfzig Jahren verändert. Noch nicht so stark, daß man es sofort spüren würde, aber der Prozeß geht weiter — und er beschleunigt sich. Ich habe es ausgerechnet. Wahrscheinlich dauert es nicht einmal mehr hundert Jahre, bis die gesamte Erde ... verändert ist.«

Charity schwieg erschüttert.

»Das ... das ist ... die Erde?« murmelte Skudder.

Langsam drehte sich Charity zu ihm herum. In den letzten Augenblicken hatte sie seine Gegenwart vollkommen vergessen. Skudders Blick war starr auf den Monitor gerichtet.

»Nein«, sagte Niles hart. »Das ist sie nicht. Das da ist sie.« Er betätigte einen Schalter auf seinem Schreibtisch, und das Bild flackerte. Als sich die Streifen und bunten Schlieren wieder verzogen, war auf dem Monitor eine Aufnahme der Erde zu sehen, wie sie einmal gewesen war — ein blaugrüner Planet voller weißer Wolken und ausgedehnter Meere.

Niles' schmale Hände flogen über die Tastatur in seinem Schreibtisch, und das Bild wechselte abermals: Die Kamera näherte sich der Erde, als befände sie sich an Bord eines extrem hoch fliegenden Flugzeuges, das zur Landung ansetzte. Der blaugrüne Ball wuchs plötzlich und nahm den ganzen Bildschirm ein. Wolken tauchten auf, verschleierten das Bild für Augenblicke und verschwanden wieder, als die imaginäre Kamera tiefer sank.

Charity wußte, daß es sich nur um eine Computersimulation handelte, aber das spielte keine Rolle. Was die Kamera zeigte, das war ein Bild der Erde, wie sie Skudder niemals kennengelernt hatte, einer Erde, die fünfzig Jahre und einen Weltuntergang zurücklag: grüne Täler und Wiesen wechselten sich mit Flußläufen und Bergen ab, Meere und Städte huschten unter der Kamera vorbei, Menschen und Tiere ...

Es dauerte lange, sicherlich eine halbe Stunde, aber Skudder nahm in all dieser Zeit nicht für eine Sekunde den Blick vom Schirm. Sein Gesicht war wie Stein. Schließlich näherte sich die Kamera der Skyline einer gewaltigen Stadt. Charity erkannte Manhattan. Ein völlig unzerstörtes, intaktes Manhattan, voller glücklicher Menschen und spielender Kinder, bunte Autos und Flugzeuge, die über den Himmel zogen. Das Bild war falsch — die Stadt war niemals so sauber gewesen, und sie hatte niemals so glücklich gewirkt. Und trotzdem trieb es auch Charity die Tränen in die Augen.

Das Bild erlosch, der Film war zu Ende, und auf dem Monitor erschien wieder das Abbild einer geschändeten Erde. Die purpurroten Gebiete wirkten wie Krebs.

Niemand wagte das Schweigen zu durchbrechen. Schließlich räusperte sich Skudder. »Sie machen mir das nicht nur vor, nicht wahr?« fragte er. »Ich meine . . . das ist kein Trick?«

Niles schüttelte traurig den Kopf. »Nein. Das war unsere Heimat, Mister Skudder. Ich schaue mir diesen Film oft an. So war dieser Planet einmal — bevor Moron ihn zu einer Welt der Monster und Mutanten gemacht hat.«

»Aber warum?« fragte Charity erschüttert. »Das ergibt doch keinen Sinn!«

»Sie sind auf Eroberung aus«, antwortete Niles. »Ihr Reich ist groß. Sie brauchen Rohstoffe, Energie — und Menschen.«

»Menschen?«

»Sie haben Millionen verschleppt«, bestätigte Niles. »Und sie tun es noch. Niemand weiß, wozu, denn keiner ist bisher zurückgekehrt. Vielleicht brauchen sie Sklaven. Vielleicht fressen Sie sie auch auf.« Er sah Skudder an. »Ich weiß, das klingt hart, aber Sie brauchen sich keine Vorwürfe zu machen, junger Mann. Es ist nicht falsch, was Sie tun. Sie versuchen zu überleben, so wie wir auch.«

Skudder schwieg, offensichtlich völlig überrascht von dem, was er hörte. »Soll das heißen, Niles, daß sie sich seit fünfzig Jahren hier verstecken, ohne irgend etwas zu unternehmen?« fragte Charity ungläubig.

»Dreiundfünfzig«, verbesserte sie Niles ruhig. »Plus der Zeit, die wir brauchten, um hierher zu kommen. Natürlich haben wir etwas getan — wir haben diese Station wieder hergerichtet.«

Er beugte sich leicht vor und sah Charity durchdringend, ja, beinahe beschwörend an. »Ich weiß, was Sie jetzt denken, Captain«, sagte er. »Ich habe vor fünfzig Jahren genauso gedacht. Aber es ist sinnlos, glauben Sie mir. Wir sind fast fünfhundert hier unten, aber wir sind nichts gegen Moron und seine Macht. Und wir sind vielleicht die letzten freien Menschen dieses Planeten.«

»Frei?« Skudder schnaubte. »Ich sehe den Unterschied nicht so ganz, wissen Sie? Die dort oben werden eingesperrt, und Sie sperren sich freiwillig ein. Ihr seid ja alle verrückt.«

Niles lächelte milde. »Vielleicht. Aber wir können nichts tun. Sollen wir einen Gegner besiegen, der einen ganzen Planeten in die Knie gezwungen hat?«

»Aber Sie können doch nicht . . .«

»Was?« unterbrach sie Niles sanft. »Einfach leben? Warum nicht? Was sollen wir tun? Hinausgehen und uns töten lassen, nur um einer Geste willen?« Er schüttelte den Kopf. »Ich verstehe Sie nur zu gut, Captain Laird — doch glauben Sie mir: Ich habe siebenundfünfzig Jahre Zeit gehabt, darüber nachzudenken, und es gibt nur diese eine Wahl für uns. Niemand kann Moron besiegen.«

»Heißt das, daß Sie für alle Zeiten hier unten sitzen und so tun wollen, als wäre nichts geschehen?« fragte Charity entsetzt.

»Wohin sollten wir gehen?« erwiderte Niles. »Moron hat uns vergessen. Selbst für die Menschen hier in der Umgebung sind wir kaum noch mehr als eine Legende. Wir haben Frieden, Laird. Hier unten wächst jetzt die dritte Generation heran, die in Frieden lebt, und dies ist vielleicht das höchste Gut auf dieser Welt, nicht erst, seit die Krieger Morons kamen. Wir könnten gehen. Wir besitzen Ausrüstung, Waffen, Lebensmittel — aber was würden wir finden? Mit sehr viel Glück ein neues Versteck.«

»Sie wollen ihnen die Erde einfach schenken?«

»Man kann nichts verschenken, das man nicht mehr besitzt«,

sagte Niles. »Diese Welt gehört jetzt ihnen, Captain. Die meisten Menschen wissen gar nicht mehr, daß es einmal anders war.«

»Aber das ist doch nicht möglich!« widersprach Charity. »Es sind doch nur . . .«

»Zwei Generationen vergangen«, fiel ihr Niles ins Wort. »Unterschätzen Sie Moron nicht, Charity. Sie haben Erfahrung damit, ganze Welten zu versklaven. Viele Menschen leben relativ frei, aber sie achten scharf auf gewisse Dinge. Sie haben mit den *Wastelandern* gesprochen? Dann wissen Sie, wie die Welt aussieht. Moron herrscht, und Moron weiß alles. Sie kontrollieren die Schulen. Sie haben Bücher verboten und das Erzählen alter Geschichten. Es ist nicht erlaubt, einen Kalender zu führen. Oder eine Uhr zu besitzen.«

»Aber warum?« wunderte sich Skudder.

Niles lächelte. »Ein Volk ohne Geschichte ist weniger gefährlich«, antwortete er. »Es gibt nichts, worum sie kämpfen würden, wenn sie glauben, daß es schon immer so war. Und es gibt nichts, wofür sie sterben würden, ohne eine Geschichte.«

»Aber es gibt die Rebellen.«

Niles seufzte. »Die hat es immer gegeben. Unzufriedene und Querulanten. Aber sie sind harmlos. Moron läßt sie gewähren, weil sie nicht wirklich gefährlich sind. Ganz im Gegenteil — ein bißchen ähneln sie Ihnen und Ihren Sharks, Mister Skudder. Sie bilden sich ein, frei zu sein, und wissen nicht einmal, daß sie in Wahrheit den Invasoren dienen.«

»Das ist nicht wahr!« widersprach Skudder heftig.

»Ich weiß«, seufzte Niles. »Die Sharks sind frei und gehorchen niemandem, nicht wahr? Deswegen sind Sie ja auch jetzt hier, Skudder.«

»Sie . . . Sie sprechen von Moron, als wäre es der Teufel persönlich«, murmelte Charity.

»Vielleicht ist er es«, erwiderte Niles ernsthaft. »Ich glaube, daß es das Prinzip des Bösen an sich ist.«

»Unsinn.«

»Dann lassen Sie es mich anders formulieren«, sagte Niles. »Sie werden mir zustimmen, daß es zwei Arten von Kräften im

Universum gibt — konstruktive und destruktive, nicht wahr? Wenn es so ist, dann symbolisieren die Herren Morons mit Sicherheit die negativen Kräfte.«

»Die dunkle Seite der Macht, wie?« sagte Charity. Die Worte hatten spöttisch klingen sollen, aber sie wirkten nur hilflos. Niles nickte auch wieder.

Charity antwortete nicht mehr. Plötzlich mußte sie mit aller Macht gegen die Tränen ankämpfen, die ihre Augen füllten.

10

Raoul zog den Dolch aus dem Hals des Mannes, ließ den reglosen Körper vorsichtig zu Boden sinken und wischte die Klinge an dessen Uniformhemd sauber. Der Wächter hatte nicht einmal gespürt, wie er gestorben war; ebensowenig wie die drei anderen, denen Raoul auf dem Weg nach unten begegnet war. Und er war der letzte gewesen. Sie waren ihrem Ziel jetzt sehr nahe. Der rote Leuchtpunkt befand sich wieder genau im Zentrum des Suchers, er glühte so kräftig, daß er kaum noch mehr als ein paar hundert Meter von seinem Ursprung entfernt sein konnte.

Trotzdem beging Raoul nicht den Fehler, in letzter Sekunde leichtsinnig zu werden. Die Wächter waren unaufmerksam gewesen, weil sie sich viel zu sehr auf ihre technischen Spielereien verlassen hatten: ein halbes Dutzend unterschiedlichster Alarm- und Sicherungsanlagen, die Raoul der Reihe nach und auf die unterschiedlichsten Arten ausgeschaltet hatte, während er den Weg für Bart und die anderen ebnete. Aber das bedeutete nicht, daß es so einfach weitergehen würde, und Raoul wußte das. Es war eine kleine Armee, die hier unten auf sie wartete, und sie hatten nichts zu verlieren.

Lautlos schob sich Raoul weiter, öffnete die Tür, vor der der Wächter gedöst hatte, einen Spaltbreit und spähte hindurch.

Auf der anderen Seite der fingerdicken Tür aus Panzerstahl erstreckte sich eine gut fünfzig Meter lange, von kaltem, weißen Licht erfüllte Halle, von der zahlreiche Türen abgingen. Einige standen offen und gewährten Raoul einen Blick in die dahinterliegenden Räume. Menschen bewegten sich darin, und gerade als er die Tür wieder schließen wollte, rollte ein kleiner, summender Elektrokarren durch die Halle und blieb vor einer Tür stehen. Eine junge Frau stieg von dem Gefährt herunter, klopfte und trat nach kurzem Zögern ein.

Raoul hatte genug gesehen. Lautlos schloß er die Panzertür wieder, trat einen Schritt zur Seite und zog seine Waffe. Mit der anderen Hand löste er das Funkgerät vom Gürtel, hob es an die Lippen und drückte die Sprechtaste. Er war sich der Tatsache bewußt, daß das Funkgerät vermutlich angepeilt werden konnte und daß in längstens einigen Sekunden die Alarmsirenen losheulen würden. Aber das spielte jetzt keine Rolle mehr.

»Es geht los«, sagte er. Er wartete die Antwort nicht ab, sondern steckte die Maschinenpistole wieder ein, stieß die Tür mit einem Fußtritt auf und stürmte hindurch.

Raoul begann zu schießen, noch ehe die ersten Schreckensschreie aufgellten.

Niles hatte noch eine Weile geredet, aber Charity hatte kaum mehr zugehört. Sie fühlte sich mutlos, und nur ganz langsam gelang es ihr, so etwas wie Zorn zu empfinden.

Schließlich war es Skudder, der das Schweigen brach.

»Was hast du eigentlich erwartet?« fragte er. »Einen Ritter auf einem weißen Pferd, der dich in den Sattel hebt und in einer heroischen Schlacht die Angreifer vertreibt?«

Sein Spott tat ihr nicht mehr weh; irgendwo hatte er sogar

recht. Es war ziemlich naiv von ihr gewesen, hierher zu kommen und zu glauben, damit wäre alles gut. Hätte sie auch nur einen Moment in Ruhe darüber nachgedacht, was es bedeutete, daß sich die Tiefen seit Jahrzehnten hier versteckten, wäre sie vielleicht von selbst darauf gekommen.

»Sie sind jetzt enttäuscht, Captain«, sagte Niles. Er warf Skudder einen fast dankbaren Blick zu. »Ich verstehe das. Auch ich habe Jahre gebraucht, um mich an den Gedanken zu gewöhnen, daß es vorbei ist.«

»Sie haben aufgegeben«, erwiderte Charity. »Sie . . . Sie hätten ebensogut hinausgehen und sich Skudder und seinen Männern ergeben können.«

»Wir leben«, erwiderte Niles, als wäre dies Antwort genug. »Auch Sie können hierbleiben, Captain, wenn Sie wollen.«

»Hier?« Charity schüttelte traurig den Kopf.

»Überlegen Sie es sich«, sagte Niles. »Es gibt nicht viele Orte, an denen Sie sicherer wären als hier, und wir brauchen jemanden wie Sie.«

Plötzlich lächelte er. »Ich bin alt, Captain Laird. Selbst wenn wir die Sharks und ihre Herren noch eine Weile an der Nase herumführen können, habe ich nicht mehr allzu lange zu leben. Sie könnten meine Nachfolgerin werden. Und wer weiß — vielleicht könnten Sie Mark und die anderen sogar überzeugen.«

Im ersten Moment war Charity von diesen Worten überrascht. Aber sie durchschaute sie schnell. Sie würde wie Niles werden, wenn sie auf sein Angebot einging. SS Nulleins war zwar ein sicherer Unterschlupf, aber hier würde sie früher oder später einem Gift erliegen, das Bequemlichkeit hieß. Wenn sie Niles' Angebot annahm und wirklich an seiner Seite über die unterirdische Stadt regierte, würde sie sich irgendwann ernsthaft fragen, ob er nicht recht hatte. Sie schüttelte den Kopf.

»Ich habe nichts anderers erwartet«, sagte Niles, beinahe traurig. »Aber Sie bleiben ein paar Tage unser Gast, bis Sie sich erholt haben und sich darüber im klaren sind, was Sie tun wollen.«

»Ganz bestimmt«, sagte Charity. »Wir haben viel zu erzählen.« Sie lächelte, wenn auch etwas gezwungen, wurde sofort wieder ernst und deutete mit einer Kopfbewegung auf Skudder. »Was geschieht mit ihm?«

Niles sah den Shark nachdenklich an. »Ich kann Sie nicht gehen lassen, Mister Skudder, das wissen Sie. Aber ich gebe Ihnen mein Wort, daß Ihnen nichts geschieht, bis wir entschieden haben, wie wir mit Ihnen verfahren.«

Skudder schnaubte abfällig. »Das wissen Sie doch jetzt schon, alter Mann«, sagte er böse. »Sie werden mich umbringen. Sie können mich gar nicht gehen lassen, nach allem, was ich weiß.«

»Der Tod ist nicht das einzige Mittel, eine Erinnerung zu löschen«, widersprach Niles ärgerlich. »Wir sind keine Tiere, Mister Skudder.«

Er wollte noch mehr sagen, aber in diesem Moment wurde die Tür aufgerissen, und Mark stürmte herein. Er hielt ein Lasergewehr in der Hand.

»Die Sharks!« schrie er. »Sie greifen an!«

Niles fuhr erschrocken im Stuhl hoch. »Was?«

»Sie kommen!« keuchte Mark. »Irgendwie haben sie die Sperren überwunden. Sie sind im Bunker!« Plötzlich fuhr er herum. Sein Gesicht verzerrte sich vor Haß. »Das warst du!« brüllte er, an Skudder gewandt. »Du hast sie hierher gebracht!«

Er schlug zu, so schnell, daß selbst Skudders instinktive Abwehrbewegung zu spät kam. Sein Gewehrkolben traf das Gesicht des Sharks, schleuderte ihn aus dem Stuhl und ließ ihn halb besinnungslos zusammenbrechen.

»Aufhören!« befahl Niles scharf.

Im ersten Moment sah es fast so aus, als würde Mark seine Worte einfach ignorieren. Mit einem gellenden Wutschrei trat er zurück, drehte die Waffe herum und legte auf den Shark an, der sich stöhnend auf Hände und Knie zu erheben versuchte.

»Aufhören, habe ich gesagt!« befahl Niles noch einmal. Und diesmal gehorchte Mark. Widerwillig senkte er die Waffe, wich bis zur Wand zurück und sah zu, wie Skudder sich mühsam aufrichtete.

»Also — was ist passiert?« fragte Niles scharf. »Wo sind sie, und wie viele sind es?«

»Ich weiß es nicht«, antwortete Mark nervös. »Aber es sind viele. Sie schießen alles nieder, was sich bewegt. Wir hätten diesen Mistkerl da draußen einfach abknallen sollen. Aber vielleicht hole ich es ja noch nach.«

»Idiot«, sagte Skudder stöhnend. »Wenn ihr mich erschießt, dann bleibt hier unten keiner mehr am Leben.«

»Da wäre ich nicht so sicher, Mister Skudder«, sagte Niles eisig. »Wir sind nicht ganz wehrlos, wissen Sie?«

»Ihr habt keine Chance, und das weißt du auch, alter Mann«, erwiderte Skudder abfällig. »Gebt auf, und ich lasse euch am Leben.«

Mark stieß ihn so grob mit dem Gewehrlauf zwischen die Rippen, daß er sich erneut vor Schmerzen krümmte. »Für jemanden, der auf der falschen Seite einer Waffe steht, riskierst du ziemlich viel, Shark«, sagte er.

»Hören Sie endlich auf, Mark«, sagte Niles. »Wieviel Zeit haben wir noch?«

Mark brauchte nicht zu überlegen. »Nicht mehr viel«, gestand er dann. »Vielleicht können wir sie aufhalten. Sie waren schon in der Station, ehe wir sie überhaupt bemerkt haben.«

Niles wandte sich an Skudder. »Wie haben Sie das geschafft?«

Skudder grinste. Langsam hob er die Hand und streckte sie nach Charity aus. Mark fuchtelte drohend mit seiner Waffe herum, aber Charity winkte ab. »Lassen Sie ihn.«

Skudder bedankte sich mit einem spöttischen Kopfnicken, öffnete den Reißverschluß ihrer Ärmeltasche und zog eine kleine Scheibe aus weichem, grauem Kunststoff heraus. Charitys Augen weiteten sich vor Erstaunen.

»Eine Wanze!« sagte sie. »Du . . . du hast mir eine Wanze angehängt? Aber dann . . . das war alles . . .«

»Geplant, natürlich«, sagte Skudder ruhig. »Glaubst du wirklich, du hättest fliehen können, wenn ich es nicht gewollt hätte?« Er schüttelte den Kopf. »Deine Freundin Net war so freundlich, uns zu verraten, was du vorhattest, und da ich schon lange eine Gelegenheit gesucht habe, Mister Niles einmal persönlich kennenzulernen . . .«

Charity starrte ihn an. In ihrem Mund war plötzlich ein bitterer Geschmack, und sie mußte all ihre Selbstbeherrschung aufbringen, um sich nicht einfach auf ihn zu stürzen und ihm die Fäuste ins Gesicht zu schlagen. Großer Gott, was für eine Närrin war sie doch gewesen!

»Nimm es nicht tragisch«, sagte Skudder spöttisch. »Früher oder später hätten wir sie auch allein gefunden.«

»Du verdammter Mistkerl!« brüllte Mark. »Dafür bringe ich dich um!«

»Mark!« schrie Niles.

Aber diesmal regierte Mark nicht mehr darauf. Mit einer wütenden Bewegung riß er den Laser hoch und legte auf Skudder an.

Charity schlug ihm die Waffe aus der Hand, versetzte ihm einen Hieb in die Seite, der ihn auf die Knie herunterfallen ließ, und hob blitzschnell den Laser auf. Drohend richtete sie die Mündung der Waffe auf Skudder, behielt aber auch Mark scharf im Auge.

»Und jetzt?« fragte Skudder ruhig.

Charitys Gedanken überschlugen sich. Sie hatte einfach gehandelt, fast ohne zu denken, und es tat ihr auch nicht leid, Skudders Leben gerettet zu haben — aber er hatte recht, sie wußte einfach nicht, was sie tun sollte!

»Erschießen Sie ihn!« stöhnte Mark. Niles schwieg.

»Die Leute hier«, fragte Charity unsicher. »Haben Sie eine Chance?«

»Gegen meine Männer?« Skudder schüttelte überzeugt den Kopf. »Nein.«

»Er lügt!« keuchte Mark. Taumelnd stemmte er sich hoch, streckte die Hand aus und schaltete die Gegensprechanlage ein. Plötzlich erfüllten Schüsse und Schreie das kleine Büro, der Kampf tobte noch immer.

»Ich will dein Wort!« sagte sie. »Du garantierst mir, daß Niles' Leute am Leben bleiben, wenn sie sich ergeben.«

Skudder überlegte einen Moment. Dann nickte er. »Okay. Ich verspreche es.«

»Glauben Sie ihm nicht!« kreischte Mark. »Alle Sharks sind Lügner!«

Charity beachtete ihn gar nicht. Sie sah Niles an. Und nach einer Weile nickte der alte Mann.

Langsam beugte er sich vor und drückte einen Knopf auf seinem Schreibtisch. Aus dem Lautsprecher drang ein gedämpftes Knacken, dann seine Stimme, die jetzt überall gleichzeitig in der Station erscholl: »Hier spricht Commander Niles. Stellen Sie das Feuer ein. Wir ergeben uns.«

Charity reichte Skudder schweigend ihre Waffe.

11

Die Sonne ging wieder auf, bis sie das Gebiet der Sharks erreichten. Skudder hatte Wort gehalten. Nachdem die Verteidiger ihren Widerstand aufgegeben hatten, hatten auch sie das Feuer eingestellt; aber obwohl der Kampf alles in allem nicht einmal zehn Minuten gedauert hatte, gab es auf beiden Seiten Dutzende von Opfern zu beklagen — Charity schätzte, daß mindestens zwanzig, vielleicht auch dreißig Sharks getötet worden waren, während es beinahe hundert Bunkerbewohner erwischt hatte. Selbst Mark war sehr still geworden, als er die Bilanz des kurzen Gefechtes gehört hatte. Natürlich würde er niemals zugeben, daß Charity richtig gehandelt hatte.

Es spielte auch keine Rolle, dachte sie düster, während sie zusah, wie die kleine Kolonne sich dem Rande der Wüste näherte und die ersten Wagen bereits langsamer wurden, um einen steilen Hang hinaufzukriechen. Es waren fast dreihundert Menschen, die Skudders Sharks auf einigen altersschwachen Lastwagen zusammengepfercht hatten und die einem sehr ungewissen Schicksal entgegensahen. Charity bezweifelte nicht, daß Skudders Versprechen ernst gemeint gewesen war, ihr Leben zu schonen. Aber sie war nicht sicher, ob er sein Versprechen halten konnte.

Sie verscheuchte den Gedanken und versuchte, durch die zerkratzte Windschutzscheibe hindurch mehr von ihrer Umgebung zu erkennen. Die Sonne stand wie ein lodernder Feuerball eine halbe Handbreit über dem Horizont und blendete sie, so daß sie kaum mehr als scharfe, schwarze Schatten wahrnehmen konnte, aber sie sah zumindest, daß das verbrannte Wüstenland in eine karge Steppe übergegangen war. Vor ihnen, vielleicht noch zwei, drei Meilen entfernt, erhob sich etwas, das wie die Silhouette einer Stadt aussah, Charity aber gleichzeitig irgendwie fremd vorkam. Viele der fünfzig Motorräder, die die Lastwagenkolonne eskortierten, war vorausgefahren, während der Rest von Skudders Streitmacher im Bunker zurückgeblieben war, um Jagd auf Überlebende zu machen, die sich in den labyrinthischen Gängen und Stollen von SS Nulleins verborgen haben mochten. Charity hoffte, daß wenigstens einige von ihnen entkommen konnten.

Die Sonne stieg rasch höher, und als sie näher kamen, erkannte Charity, daß das, was sie für eine Stadt gehalten hatte, in Wahrheit nur mehr die *Ruinen* einer Stadt waren. Der Anblick verwirrte Charity nur für einen Moment, ehe sie begriff, was er bedeutete. Sie dachte an das blauweiße Feuer, das vom Himmel gefallen war, kurz bevor sie den Bunker erreichte. Waren sechzig Jahre genug, die Strahlung auf ein erträgliches Maß zu dämpfen? Sie wußte es nicht.

»Wir sind bald da«, sagte Raoul, dem ihre Unruhe nicht entgangen war. Er versuchte zu lächeln, war aber zu müde dazu. »Sind die Fesseln zu eng?«

Charity blickte kurz auf ihre gefesselten Hand- und Fußgelenke und schüttelte den Kopf, antwortete aber nicht. Es war nicht das erste Mal, daß Skudders Stellvertreter ein Gespräch mit ihr anzufangen versuchte, aber bisher hatte sie nie reagiert. Sie mochte Raoul nicht, und diese Ablehnung ging weit über den instinktiven Widerwillen hinaus, den sie allen Sharks entgegenbrachte. Raoul war ihr unheimlich. Dabei behandelte er sie gut, und das Bedauern, mit dem er sie gefesselt hatte, schien echt zu sein.

Der Shark setzte erneut dazu an, etwas zu sagen, zuckte dann aber nur mit den Schultern, als Charity demonstrativ den Kopf wandte und wieder aus dem Fenster sah. Sie wollte nicht mit Raoul reden. Weder mit ihm noch mit sonst irgend jemandem.

Die Stadt kam jetzt rasch näher. Sie *war* von einer Bombe getroffen worden. Ruinen und Schuttberge bestimmten das Bild. Die Szenerie war mehr als unheimlich. Gelegentlich stach ein einzelner verrosteter Stahlträger wie ein Mahnmal in den Nachthimmel.

Die Kolonne wurde langsamer und fuhr schließlich fast nur noch im Schrittempo, bis sie in einen Teil der verbrannten Stadt gelangten, der wenigstens den Anschein menschlichen Lebens erweckte — auch hier waren die meisten Häuser nur noch verbrannte Ruinen, aber die Autowracks und Trümmerberge waren fortgeschafft worden, und hier und da brannte ein Feuer hinter einer geschwärzten Fensterhöhle. Vor einigen Häusern standen Motorräder.

Schließlich hielt Raoul an und öffnete die Tür, schaltete den Motor aber nicht aus. Charity sah, daß die anderen LKWs weiterfuhren.

Raoul umkreiste den Wagen mit wenigen schnellen Schritten, öffnete die Tür an ihrer Seite und machte ein Zeichen, auszusteigen. Gleichzeitig wich er einen Schritt zurück und legte die Hand auf die Pistole, die in seinem Gürtel steckte.

Wäre sie nicht zu müde dazu gewesen, hätte sie gelacht. Sie hatte kaum noch die Kraft, aus dem Wagen zu steigen, geschweige denn, ihn anzugreifen. Doch Raoul schien einen gehörigen Respekt vor ihr zu haben.

»Wo bringst du mich hin?« fragte sie. Sie hatte gar nicht mit einer Antwort gerechnet, aber sie bekam sie.

»Zu Skudder. Er wartet schon.«

Raoul deutete mit einer Kopfbewegung auf das Haus, vor dem sie angehalten hatten, einem dreistöckigen Gebäude, das einmal ein Schul- oder Verwaltungsbau gewesen sein mußte.

Sogar die Türen und Fenster waren noch intakt. Skudders Palast, dachte sie spöttisch, aber auch ein bißchen ängstlich. Sie fragte sich, was sie erwarten würde.

Zwei weitere Sharks gesellten sich zu ihnen, während sie das Haus betraten, ein dritter nahm Raouls Platz hinter dem Steuer ein und fuhr den LKW davon. Charity fragte sich bedrückt, ob sie diese Männer und Frauen jemals wiedersehen würde. Obwohl sie wußte, daß es nicht stimmte, gab sie sich noch immer die Schuld an dem, was geschehen war.

»Dort entlang.« Raoul deutete mit einer Kopfbewegung auf eine Tür ganz am Ende des Korridors und machte eine auffordernde Geste. Charity ging ein wenig schneller, wartete, bis er die Tür geöffnet hatte, und trat gebückt unter dem niedrigen Eingang hindurch.

Sie wußte nicht, was sie erwartet hatte — eine Art barbarischer Thronsaal vielleicht oder eine Kammer voller Gerümpel und Beutestücke, grellbunte Poster und Waffen an den Wänden oder auch ein paar nackte Groupies mit tätowierten Brüsten . . . irgend etwas, das zum äußeren Erscheinungsbild der Sharks gepaßt hätte; aber das Zimmer, in das sie Raoul führte, war überraschend nüchtern und hell — ein einzelner, vollkommen leerer Tisch, eine Anzahl billiger Kunststoffstühle in unterschiedlichen Farben, an der Wand ein Bücherschrank und ein schmales Bett, fast eine Pritsche. Skudders Thronsaal glich eher einer etwas zu groß geratenen Klosterzelle.

Skudder wartete auf sie, aber er war nicht allein. Auf dreien der bunten Plastikstühle saßen Niles, Abn El Gurk und Net. Niles und Gurk starrten an Skudder vorbei ins Leere, während das Mädchen sie fast haßerfüllt anblickte. Charity schluckte die Bemerkung herunter, die ihr auf der Zunge lag. Ganz egal, was sie zu Net gesagt hätte, es hätte alles nur noch schlimmer gemacht.

Skudder deutete wortlos auf einen der Stühle, wartete, bis sie sich gesetzt hatte, und sah sie dann fragend an. »Möchtest du etwas trinken?«

Charity antwortete nicht, obwohl sie vor Durst fast umkam, und nach einer Sekunde zuckte Skudder die Achseln und setzte sich ebenfalls. Er machte einen sehr unentschlossenen, fast bedrückten Eindruck. So, als wüßte er jetzt, wo er sie alle endlich in seiner Gewalt hatte, nicht so recht, was er überhaupt mit ihnen anfangen sollte. Er wandte sich an Net.

»Hast du jemanden, zu dem du gehen kannst?« fragte er.

Net sah auf. Sie wirkte ein bißchen verwirrt, aber auch mißtrauisch. Nach ein paar Sekunden schüttelte sie den Kopf. »Nein«, sagte sie hart. »Ihr habt alle umgebracht.«

»Würdest du mir glauben, wenn ich dir sage, daß es mir leid tut?« fragte Skudder.

Net schwieg, aber Skudder hatte auch nicht mit einer Antwort gerechnet. »Du bleibst hier, bis wir wissen, wie alles wird«, sagte er. »Danach kannst du gehen. Du kannst aber auch bei uns bleiben.«

»Wie großzügig«, sagte Net böse. »Das habe ich mir schon immer gewünscht.«

Skudder runzelte die Stirn. Für einen Moment sah es so aus, als wollte er auffahren, aber dann schüttelte er nur den Kopf und gab den beiden Sharks, die mit Charity und Raoul hereingekommen waren, einen Wink. »Verschwindet.«

Die Männer gehorchten. Skudder wartete, bis sich die Tür hinter ihnen geschlossen hatte, dann wandte er sich an Raoul. »Versuche, Daniel zu erreichen«, sagte er. »Ruf mich, wenn er sich meldet. Ich möchte selbst mit ihm sprechen.«

Raoul nickte, ging an Charity vorbei und verließ das Zimmer durch eine zweite Tür, die sie bisher noch gar nicht bemerkt hatte. Sie erhaschte einen flüchtigen Blick auf einen schmalen Treppenschacht mit unverkleideten Betonwänden. Unmerklich atmete sie auf, als Raoul das Zimmer verlassen hatte. Das sonderbare Gefühl, das sie in seiner Nähe verspürte, war die ganze Zeit über nicht gewichen.

»Daniel?« sagte sie. »Er ist nicht hier?«

Skudder schien überrascht zu sein. Dann lachte er, als hätte sie etwas sehr Dummes gesagt.

»Nein«, sagte er. »Aber du wirst ihn kennenlernen. Er brennt schon darauf, dich zu sehen. Und Sie auch, Commander«, fügte er an Niles gewandt hinzu.

Niles sah auf, und zum ersten Mal, seit Charity hereingekommen war, schien wieder so etwas wie Leben in seine Augen zurückzukehren. »Sie wissen ja nicht, was Sie tun, Sie Narr!« sagte er. »Sie haben alles zerstört.«

Skudder zuckte scheinbar gleichgültig mit den Schultern. »Zumindest *tue* ich etwas, alter Mann«, sagte er. »Wir verkriechen uns nicht unter der Erde und tun so, als wäre nichts passiert.« Er machte eine herrische Handbewegung, als Niles widersprechen wollte.

»Ich habe Sie nicht hierherbringen lassen, um mich mit Ihnen zu streiten, alter Mann«, fuhr er fort.

»So?« sagte Niles. »Weshalb dann . . .«

»Um . . .« Skudder ballte wütend die Faust, beherrschte sich dann aber im letzten Moment wieder und sank in seinen Stuhl zurück. Aber nur für eine Sekunde; dann sprang er wieder auf, so heftig, daß sein Stuhl klappernd umfiel, und befahl Charity mit einer Geste, ihm zu folgen. Wütend riß er die Tür auf, durch die Raoul gerade verschwunden war, zog sie ungeduldig hindurch und warf sie hinter sich wieder ins Schloß.

»Dieser verstockte alte Narr«, sagte er, während sie nebeneinander die steile Betontreppe hinuntergingen. »Ich versuche, ihm zu helfen, aber er will das einfach nicht begreifen.«

Charity sah ihn verwirrt an. Skudders Bemerkung kam so unvermittelt, daß sie im ersten Moment nicht wußte, was sie davon zu halten hatte. Der Shark wirkte merkwürdig verändert. Er war unsicher und nervös. Irgend etwas schien ihn sehr ernsthaft zu beschäftigen.

Sie gelangten in einen kleinen, nur von einer nackten Glühbirne erhellten Kellerraum, der schon eher Charitys Erwartungen von einer Shark-Höhle entsprach: Skudder schien hier alles zusammengetragen zu haben, was er in den Ruinen der Stadt gefunden hatte. Bis unter die Decke stapelten sich Kisten und Kartons, und an der gegenüberliegenden Wand hing eine wirklich beeindruckende Waffensammlung. Raoul stand vor einem kleinen Tischchen, auf dem Charity ohne besondere Überraschung ein modernes Bildfunkgerät entdeckte. Der Monitor war eingeschaltet und zeigte ein verschlungenes, feuerrotes ›M‹.

Die Herren Morons schienen einen Hang zur Dramatik zu haben, aber nicht über viel Originalität zu verfügen.

Skudder machte eine ärgerliche Handbewegung zu Raoul. »Verschwinde. Paß auf, daß die da oben keinen Blödsinn machen.«

Raoul schien widersprechen zu wollen, aber Skudder warf ihm einen so eisigen Blick zu, daß er wie ein geprügelter Hund den Kopf einzog und sich beeilte, seinem Befehl zu folgen. Charity schauderte, als er an ihr vorüberging.

»Du magst ihn nicht, wie?« fragte Skudder plötzlich. Charity drehte sich zu ihm herum und begriff erst jetzt, daß sich ihre Gefühle ziemlich deutlich auf ihrem Gesicht widergespiegelt haben mußten.

»Nein«, gestand sie. »Er ist mir unheimlich.«

Skudder nickte. »Mir auch«, sagte er. »Aber er ist ein guter Mann. Einer der wenigen hier, denen ich traue. Vielleicht der einzige.«

Er zuckte mit den Schultern, drehte sich zum Funkempfänger und starrte das flimmernde ›M‹ auf dem Bildschirm fast feindselig an. Charity wollte etwas sagen, aber sie hatte plötzlich das sehr sichere Gefühl, daß Skudder nicht antworten würde. Erneut und noch stärker spürte sie, daß irgend etwas in ihm vorging.

Nur um überhaupt etwas zu sagen, deutete sie auf den indianischen Federschmuck, der Skudders Waffensammlung krönte. »Ist der echt?« fragte sie.

Skudder sah nicht einmal auf. Aber er nickte. »Er gehörte meinem Vater. Und vor ihm dessen Vater.«

Es dauerte einen Moment, bis Charity begriff. Überrascht sah sie Skudder an. »Du bist ein Indianer?«

»Ein Hopi«, verbesserte sie Skudder. »Indianer habt ihr uns genannt. Für viele von uns ist das ein Schimpfwort.«

Ein heller Pfeifton drang aus dem Funkgerät, und Skudder straffte sich sichtlich. Ein angespannter Ausdruck trat auf seine Züge. Das rote ›M‹ auf dem Bildschirm flackerte für eine Sekunde und erstarrte dann wieder, und dann drang eine Stimme aus dem Gerät:

»Skudder? Habt ihr sie?«

Charity erstarrte. Die Übertragung war schlecht und die Stimme verzerrt, aber *es war eine Stimme, die sie schon einmal gehört hatte!*

Ungläubig starrte sie das Bildsprechgerät über Skudders Schulter hinweg an.

»Was ist los?« fuhr die Stimme ungeduldig fort, als Skudder nicht antwortete.

»Habt ihr sie gefangen?«

Skudder antwortete auch jetzt noch nicht. Statt dessen ergriff er Charity unsanft beim Arm, zog sie an den Tisch heran und postierte sie so, daß ihr Gesicht in den Aufnahmewinkel der Kamera geriet.

Sekundenlang geschah gar nichts. Das rote Videoauge unter dem Bildschirm starrte sie an, und Charity spürte eine immer größer werdende Bestürzung in sich, als sie an die Stimme dachte, die aus dem Empfänger gekommen war.

Das rote ›M‹ auf dem Bildschirm begann zu flackern und erlosch, und zum ersten Mal, seit Skudder Daniels Stimme gehört hatte, sah er nun auch sein Gesicht.

Und Charity auch.

»Stone? Sie? Sie sind . . . sind Daniel?« Charitys Stimme drückte den mit Entsetzen gemischten Unglauben hundertmal deutlicher aus, als ihre Worte es gekonnt hätten. Der Anblick lähmte sie.

Das Gesicht auf dem Bildschirm nickte. »Es freut mich, daß Sie mich wiedererkennen, Captain Laird — nach all der Zeit«, sagte Stone. »In der Tat — ich bin derjenige, den unser Freund Skudder als Daniel kennt. Mein wirklicher Name hat mir nie gefallen.«

»Aber . . . aber wieso?« stammelte Charity »Warum Sie? Wie . . . wieso sind Sie . . .«

Stone unterbrach sie mit einer raschen Geste. »Ich kann mir Ihre Verwirrung gut vorstellen, Captain Laird«, sagte er. »Aber die Erklärung ist ganz einfach. Ich bin vor Ihnen aufgewacht. Ich hoffe, meine kleine Sicherheitsmaßnahme im Hangar hat Sie vor schweren Verletzungen bewahrt.«

»Vor mir?« murmelte sie, rein automatisch und ohne eigentlich wirklich zu wissen, was sie sagte. »Aber —«

»Gut drei Jahre«, unterbrach sie Stone. »Die Energieversorgung Ihres Tanks hat ein wenig länger gehalten als meine.« Er lächelte. »So einfach ist das. Ich habe versucht, sie aufzuwecken, aber . . . ich verstehe nicht viel von Computern. Und ich wollte Sie nicht aus Versehen umbringen — also zog ich es vor, Sie schlafen zu lassen und auf eigene Faust aufzubrechen. Allerdings ließ ich eine kleine . . . Vorrichtung zurück, die mich benachrichtigte, sobald Sie den Bunker verließen.

»Aber wieso . . .« Charity brach ab, starrte Stone eine Sekunde lang aus ungläubig aufgerissenen Augen an und spürte plötzlich eine Woge ungläubigen Zornes. »Sie . . . Sie arbeiten für . . .«

»Für Moron, ja«, sagte Stone. »So wie auch Sie bald, meine Liebe.«

»Ich? Sie sind ja verrückt.«

»Keineswegs«, erwiderte Stone trocken. »Oh, ich habe nicht anders gedacht als Sie, als ich erwachte, glauben Sie mir.« Er lachte bitter. »Stone gegen den Rest der Welt . . . Sie werden auch noch einsehen, daß es sinnlos ist, gegen sie kämpfen zu wollen.«

»Sie . . . Sie elender Verräter«, murmelte Charity.

Stone lachte wieder. Die Beschimpfung schien ihn nicht sonderlich zu stören. »Erinnern Sie sich an das, was ich Ihnen gesagt habe, als wir uns das letzte Mal gesehen haben? Ich will nur überleben.«

»Indem Sie Ihr Volk an eine Horde außerirdischer Monster verkaufen?«

»Jetzt ist nicht der Moment, darüber zu streiten«, sagte Stone sanft. »Aber wir haben noch viel Zeit, miteinander zu reden.«

Charity antwortete nicht. In ihrem Kopf herrschte noch immer ein völliges Durcheinander. Sie begriff nur, daß Daniel Stone war, Stone, der Mann, der sie gezwungen hatte, in den Tank zu steigen, während rings um sie herum die Welt in Stücke brach, und daß er ganz offensichtlich für die Invasoren arbeitete.

»Aber warum?« flüsterte sie. »Stone, Sie . . . Sie können nicht für diese . . . diese Ungeheuer arbeiten! Sie haben doch mit eigenen Augen gesehen, was sie getan haben!«

»Später«, sagte Stone noch einmal. Sein Gesicht wirkte plötzlich fast gelangweilt, und irgendwie glaubte Charity einen harten, zynischen Zug um seine Mundwinkel zu sehen.

»Bitte, Stone!« begann sie noch einmal, aber wieder unterbrach er sie.

»Später. Ich lasse Sie so schnell wie möglich hierher bringen, keine Sorge. Bis dahin wird Ihnen niemand etwas antun. Skudder?«

Skudder trat an ihr vorbei und blickte in die Kameralinse. Er wirkte verstört. »Ja?«

»Du bereitest alles vor. Ich schicke einen Gleiter, der Captain Laird abholt. Bis dahin behandelst du sie wie einen Gast, ist das klar? Du haftest mir persönlich für ihre Sicherheit.« Er sprach sehr schnell, als stünde er unter Zeitdruck.

»Ich komme persönlich mit dem Gleiter und hole sie ab. Bis morgen.« Charity sah, wie er den Arm ausstreckte, als wolle er das Funkgerät ausschalten.

»Warte noch«, sagte Skudder hastig.

Stone sah ungeduldig auf. »Was ist denn noch?«

Skudder zögerte. »Wir haben . . . die Tiefen gefunden«, sagte er.

»Ich weiß«, erwiderte Stone unwillig. »Und?«

»Die Gefangenen«, sagte Skudder. »Was tun wir mit ihnen? Es sind zu viele, um sie hierzubehalten.«

»Gefangene?« Stone runzelte unwillig die Stirn. »Ihr habt Gefangene gemacht? Das war . . . nicht vorgesehen.«

»Sie haben aufgegeben«, erklärte Skudder. »Es gab kaum einen Kampf. Sie hatten keine Chance, und sie wußten es.«

Stone überlegte einen Moment. Dann zuckte er mit den Schultern. »Tötet sie«, sagte er.

Charity unterdrückte im letzten Moment einen ungläubigen Aufschrei, und auch Skudder fuhr sichtlich zusammen. »Das . . . das ist nicht dein Ernst, Daniel«, stammelte er. »Es sind über vier . . .«

»Du hast meinen Befehl verstanden?« unterbrach ihn Stone kalt.

Skudder erstarrte, aber irgend etwas in seinem Blick erlosch. Dann nickte er. Die Bewegung wirkte abgehackt wie die einer Puppe, die an Fäden geführt wurde.

»Ja«, sagte er. »Ich habe verstanden.«

Stone nickte. Der Bildschirm wurde dunkel.

12

Charity war allein mit Skudder in dem großen, fast leeren Zimmer, das ihm als Wohn- und Schlafraum diente. Net, der Gnom und Niles waren fortgebracht worden, wohin, wußte sie nicht, und nach einer Weile war auch Raoul gegangen, nachdem er Skudder dreimal hintereinander vergeblich angesprochen und auf eine Antwort gewartet hatte. Niemand außer Charity wußte bisher von Stones Mordbefehl, aber Raoul mußte schon ziemlich dumm sein, um nicht zu spüren, daß irgend etwas passiert war, was Skudder bis ins Innerste erschüttert hatte. Sie hatten gegessen, aber kaum miteinander gesprochen, und Skudders Blick ging noch immer ins Leere. Charity las ein Entsetzen in seinen Augen, als hätte er geradewegs in die Hölle geblickt.

»Was wirst du tun?« fragte sie leise.

Skudder war bleich, als er sie ansah. Charity spürte, welche Mühe es ihn kostete, überhaupt auf ihre Frage zu reagieren.

»Das kann nicht sein Ernst sein«, murmelte er. »Er . . . er kann nicht von mir verlangen, daß ich *das* tue.«

»O doch«, flüsterte Charity. »Er kann. Stone ist verrückt.«

Skudder schluckte mühsam. Seine Hände zitterten. »Du kennst ihn.«

»Ja«, antwortete Charity und verbesserte sich sofort: »Das heißt — nein. Ich *habe* ihn gekannt, aber das ist . . . lange her. Der Stone, den ich gekannt habe, war ein anderer.«

»Er kommt aus der gleichen Welt wie du, nicht wahr?« fragte Skudder.

»Wir waren zusammen, als der Bunker angegriffen wurde«, erwiderte sie.

»Es war seine Idee, in die Kälteschlaftanks zu gehen. Ich wollte es gar nicht. Er hat mich gezwungen.«

»Dann ist alles wahr, was der alte Mann erzählt hat?«

»Niles?« Charity nickte. »Natürlich. Die Welt war nicht immer so, wie du sie kennst.«

Sie lächelte traurig, lehnte sich auf dem unbequemen Plastikstuhl zurück und sah ihn nachdenklich an. Durch das Fenster fiel gelbes Sonnenlicht herein, und die Helligkeit ließ sein Profil scharf und überdeutlich hervortreten. Plötzlich fragte sie sich, wieso sie nicht gleich gemerkt hatte, was er war.

»Du solltest nicht für sie arbeiten, Skudder«, sagte sie. »Gerade du nicht.«

Skudder blickte sie an. »So?«

»Du bist ein Indi. . . ein Hopi«, verbesserte sie sich. »Dieses Land hier hat einmal euch gehört. Es ist lange her, aber es gab eine Zeit, da hat dein Volk hier geherrscht.«

»Bis die Weißen kamen und es uns weggenommen haben, ja«, sagte Skudder heftig. »Ich kenne die Geschichten. Mein Vater hat sie mir oft genug erzählt.« Er zog eine Grimasse. »Und dann kamen die Moroni und haben es euch weggenommen. Wo ist der Unterschied?«

»Vielleicht gibt es keinen«, gestand Charity. »Aber wir waren wenigstens Menschen. Und wir sind . . . Freunde geworden. Es hat lange gedauert, aber aus unseren beiden Völkern ist am Ende eines geworden.«

»So?« sagte Skudder bitter. »Ist es das? Mein Vater war da anderer Meinung.«

»Und vielleicht hatte er sogar recht«, sagte Charity. Sie war selbst ein bißchen überrascht, wie leicht ihr diese Worte von den Lippen kamen. Aber es machte ihr nichts aus, es zuzugeben. »Vielleicht hätte es noch einmal zweihundert Jahre gedauert, bis wir uns gegenseitig akzeptiert und geachtet hätten, aber wir waren auf dem richtigen Weg.«

»Und mit Moron wird uns das nie gelingen, nicht wahr?« Skudder nickte grimmig. »Das willst du doch damit sagen, oder? Was soll ich tun? Mein Gesicht bunt anmalen und das Kriegsbeil ausgraben? Die Sharks gegen die *Reiter* hetzen?«

Er schüttelte heftig den Kopf. »Sie würden es nicht tun, Charity. Du kennst sie nicht. Du denkst, sie wären Barbaren, aber das sind sie nicht. Auf ihre Art sind sie so stolz und frei wie du.«

»Aber du bist ihr Führer.«

»Nur, solange ich sie *gut* führe«, erwiderte Skudder. »Sie gehorchen mir, weil sie mir vertrauen, Charity. Nicht, weil sie Angst vor mir haben.«

»Und du gehorchst Stone«, fügte Charity hinzu. »Weil du ihm vertraust?«

Skudder schwieg betroffen. Aber sie spürte, daß er nicht nachgeben würde — und wie konnte er auch?

»Und was wirst du tun?« fragte sie schließlich. »Was tust du, wenn Stone kommt und sieht, daß du seinen Befehl mißachtet hast?«

»Wer sagt dir, daß ich es tue?« fragte Skudder unsicher.

»Ich«, erwiderte Charity überzeugt. »Du kannst mir nichts vormachen, Skudder. Ich weiß nicht, wie du hierher gekommen bist und was du bei diesen . . . diesen Sharks suchst, aber ich weiß, daß du kein Mörder bist. Du kannst keine vierhundert Menschen umbringen.«

Skudder schwieg. Seine Fingernägel kratzten nervös über die Tischplatte. Er schien es nicht einmal zu merken. Sie hatte recht gehabt, dachte Charity — etwas geschah mit Skudder. Daniel hatte ihn vor eine Entscheidung gestellt, die er nicht fällen konnte.

»Warum bist du hier?« flüsterte er plötzlich. Charity wollte antworten, aber dann begriff sie, daß es gar keine Frage war. »Verdammt, warum konntest du nicht bleiben, wo du warst? Alles war gut, bevor du aufgetaucht bist!«

»Das war es nicht«, widersprach Charity. »Du hast es nur nicht gemerkt.«

Für zehn, zwanzig endlose Sekunden starrte Skudder sie nur an, und sie spürte, daß ihre Worte irgend etwas in ihm auslösten; wie die letzte, winzige Schneeflocke, die die Lawine ins Rollen brachte. Plötzlich stand er auf, wandte sich um und klatschte laut in die Hände. Die Tür hinter Charitys Rücken öffnete sich, und Raoul kam herein.

»Bring Niles hierher«, sagte Skudder, »und diesen Mark. Außerdem den Zwerg und die *Wastelanderin.* Schnell!«

»Was hast du vor?« fragte Charity, nachdem Raoul wieder gegangen war.

Skudder blickte sie beinahe haßerfüllt an. »Etwas, das dich sehr freuen wird«, sagte er zornig. »Ich begehe Selbstmord.«

Es dauerte eine halbe Stunde, bis Niles, Mark, Gurk und Net gebracht wurden. Skudder schickte die Männer, die sie begleitet hatten, wieder hinaus, winkte aber ab, als sich Raoul ihnen anschließen wollte, und deutete ihm mit einer Geste, sich ebenfalls zu setzen. Auch Skudder nahm Platz, und für eine Weile breitete sich eine unbehagliche Stille im Raum aus. Schließlich wandte er sich an Gurk.

»Ich müßte dich eigentlich töten, du Zwerg«, sagte er. »Du hast einen meiner Männer umgebracht.«

Gurk zog eine Grimasse. »Niemand tötet Abn El Gurk«, behauptete er.

»Ihr braucht mich.«

»Die Welt würde nicht untergehen ohne dich«, antwortete Skudder. Er hob unwillig die Hand, als Gurk widersprechen wollte. »Aber du hast recht — vielleicht brauche ich dich wirklich noch. Wenigstens im Moment. Kannst du vierhundert Leute über die Ebene führen . . .«

»Kein Problem«, sagte Gurk, und Skudder fuhr ungerührt fort:

. . . ohne daß die Reiter es merken?«

Gurk riß die Augen auf und starrte ihn an, und auch Mark und Niles tauschten überraschte Blicke. Nur in Nets Augen glomm so etwas wie Verachtung auf.

»Warum?« fragte Mark mißtrauisch.

»Weil Sie verschwinden müssen«, antwortete Skudder, ohne ihn anzusehen. »Sie und Ihre Leute.«

»Vielleicht meint er das wortwörtlich«, sagte Net. »Glaubt ihm nicht. Das ist ein Trick. Wahrscheinlich bringen sie euch in die Wüste, um euch dort in aller Ruhe zu erledigen.«

»Was soll das heißen — verschwinden?« fragte Niles. »Sie lassen uns . . . gehen?«

Skudder lachte abfällig. »Was haben Sie gedacht, alter Mann?« fragte er. »Ihr seid mehr als wir. Glauben Sie, wir hätten Lust und Zeit, uns um vierhundert Gefangene zu kümmern? Ihr müßt weg, und zwar so schnell wie möglich. Und so weit wie möglich.«

»Ich glaube ihm kein Wort«, sagte Mark. »Das ist lächerlich — zuerst überfallen uns seine . . . seine Kreaturen, und dann lassen sie uns wieder laufen, als wäre nichts geschehen? Wieso?«

Skudder schwieg, aber dafür antwortete Charity.

»Weil Daniel den Befehl gegeben hat, euch zu töten«, sagte sie. »Alle.«

Mark wurde blaß, und auch Niles und Net starrten sie ungläubig an. Nur auf Gurks Gesicht war nicht die Spur einer Überraschung zu erkennen. Auch Raoul zeigte keine Spur von Erstaunen. Instinktiv rückte Charity auf ihrem Stuhl ein Stück von dem Shark weg. Das Unwohlsein, das sie stets in seiner Nähe verspürte, war stärker denn je.

»Ist . . . das wahr?« fragte Niles zögernd.

Skudder nickte. »Ja. Aber ich werde es nicht tun.«

»Das wird Daniel nicht besonders erfreuen«, sagte Raoul.

Skudder funkelte ihn wütend an. »Daniel«, antwortete er ärgerlich, »wird nichts davon erfahren. Du nimmst dir zwei oder drei Laster und fährst zurück zum Bunker. Ihr holt alle Toten, die ihr findet. Auch unsere eigenen Jungs. Steckt sie in Uniformen.«

Raoul zog eine Grimasse. »Das ist doch Wahnsinn! Daniel wird —«

»Die Jungs werden ein Feuer machen, draußen vor der Stadt«, fuhr Skudder nervös fort. »Wir verbrennen ein paar Autoreifen und ein bißchen Müll. Und die Toten legen wir dazu.«

»Damit Daniel glaubt, wir hätten sie alle erschossen?« Raoul lachte gezwungen. »Damit kommst du nie durch!«

»Vielleicht schon«, widersprach Skudder. »Daniel hat keinen Grund, uns zu mißtrauen. Und Sie werden die Geschichte bestätigen.« Er sah Niles an.

Niles nickte, schüttelte aber gleich darauf den Kopf und lächelte traurig. »Ihr Freund hat recht, Skudder«, sagte er. »Daniel wird das niemals glauben.«

»Haben Sie eine bessere Idee?« fuhr Skudder auf. »Verdammt, was soll ich tun? Euch alle umbringen? Oder es nicht tun und zusehen, wie Daniel *uns* alle umbringt?«

»Es könnte funktionieren«, mischte sich Gurk ein. »Wenn Net mir hilft, finden wir vielleicht ein Versteck. Aber wir können nur nachts marschieren.« Er sah die *Wastelanderin* an. »Nun?«

Net nickte widerwillig. »Ich habe ja wohl keine andere Wahl, oder? Aber es ist Wahnsinn.«

»Ich glaube ihm nicht«, beharrte Mark. »Das ist eine Falle.«

»Halten Sie endlich den Mund, Sie Idiot«, fauchte Charity. »Sie können ja hierbleiben.«

»Schluß jetzt!« sagte Skudder scharf. »Wir machen es so. Sie gehen zurück zu ihren Leuten und bereiten alles für den Abmarsch vor. El Gurk und Net bringen euch weg, sobald es dunkel wird. Wir geben euch so viel Wasser und Essen mit, wie wir können — aber es wird hart werden.«

Mark starrte ihn an. »Und jetzt erwarten Sie auch noch, daß ich Ihnen dankbar bin, wie?« fragte er.

»Nein«, antwortete Skudder wütend. »Ich erwarte, daß Sie die Schnauze halten und tun, was ich von Ihnen verlange.«

Ärgerlich drehte er den Kopf und funkelte Raoul an. »Und du? Worauf wartest du noch?«

Raoul stand gehorsam auf. Aber er ging noch nicht. »Damit kommst du nicht durch«, sagte er ernst. »Daniel wird uns alle umbringen.«

Skudder lachte abfällig. »Kaum. Er braucht uns nämlich noch, und das weiß er genau. Was ist los mit dir, Raoul — hast du Angst?«

Raoul antwortete nicht mehr. Mit einer abgehackten Bewegung drehte er sich herum und warf die Tür hinter sich ins Schloß.

Der Tag verging schleppend. Mark wurde zurück zu seinen Leuten gebracht, die in einer Tiefgarage irgendwo im Westen der Stadt eingeschlossen worden waren, um alles für den Abmarsch vorzubereiten, während Skudder, Net, Niles und Gurk noch über tausend Einzelheiten sprachen, von denen Charity kaum ein Wort verstand. Ein besonderes Gefühl von Unwirklichkeit machte sich in Charity breit, während sie den dreien zuhörte — es fiel ihr immer noch schwer, zu glauben, daß Skudders Angebot ernst gemeint war, und plötzlich verstand sie Marks Mißtrauen. Gleichzeitig kam sie sich fast schäbig vor, ihm nicht zu glauben — ihr war, als müsse er ihre Gedanken deutlich auf ihrem Gesicht lesen, und jedesmal, wenn er in ihre Richtung blickte, sah sie rasch weg. Sie begriff sehr wohl, daß Skudder nicht halb so aufrecht und edel war, wie sie es ihm im ersten Moment unterstellt hatte: Daniel hatte ihn einfach vor eine Entscheidung gestellt, die er nicht treffen konnte. Seine Ruhe war nur gespielt. In seinem Inneren tobte ein entsetzlicher Kampf. Charity war sich beinahe sicher, daß sein schöner Plan scheitern würde. Stone — Daniel — mußte schon ein kompletter Narr sein, um auf Skudders Lüge hereinzufallen. Aber sie hatten einfach keine andere Wahl. Trotzdem — es *konnte* nicht funktionieren.

Und es funktionierte auch nicht.

Zwei Stunden, nachdem Raoul die Stadt verlassen hatte, kam er zurück. Und er war nicht allein.

13

Es waren sechs — fünf der panzergroßen, braunen Käferkreaturen, die Net und die Sharks *Reiter* nannten, und ein fast doppelt so großes, aber sehr viel schlankeres Etwas, das Charity an eine fette Libelle erinnerte und sich so ungeschickt auf seinen kurzen Beinchen bewegte, daß klar wurde, daß sein eigentliches Element die Luft war. Im Nacken jedes einzelnen dieser Ungeheuer saß eine jener vierarmigen Insektenkreaturen, die Charity schon mehrmals zu Gesicht bekommen hatte. Einzig die Riesenlibelle trug zwei Reiter: einen der Vierarmigen — und Raoul.

»Das ist doch kein Zufall mehr«, murmelte Skudder. Er wirkte mehr verstört als erschrocken. Sie waren aus dem Haus getreten, so wie Dutzende von anderen Sharks, die das überraschende Auftauchen der Moroni herbeigelockt hatte. Und es kamen immer noch mehr. Im gleichen Maße, in dem sich die sechs gewaltigen Kreaturen die Straße hinaufschoben, füllte sich der Platz vor und hinter ihnen mit abenteuerlich gekleideten Gestalten. Charity hatte bisher ganz automatisch angenommen, daß der Anblick der Sternenmonster für Skudder und seine Sharks eine Alltäglichkeit sein mußte, aber plötzlich begriff sie, daß das ganz und gar nicht stimmte. Diese Stadt hier gehörte den Sharks, und die Riesenkreaturen hatten darin so wenig verloren wie sie oder Niles und seine Leute. Die Spannung, die plötzlich in der Luft lag, war fast greifbar. Die Sharks waren erstaunlich ruhig, beinahe diszipliniert, aber Charity spürte, daß sie die Reiter nicht unbedingt als Freunde betrachteten. Eher als Eindringlinge.

»Sieht so aus, als hätte uns dein Freund verladen«, sagte Gurk. »Ich habe dieser Ratte gleich nicht getraut.«

Skudder machte eine ärgerliche Handbewegung. »Sei ruhig!« zischte er. »Ich will hören, was sie wollen. Vielleicht hat es ja nichts zu bedeuten.«

Aber daran glaubte er selbst nicht, das spürte Charity. Trotzdem warf auch sie Gurk einen warnenden Blick zu, sah sich unbehaglich um und folgte dann Skudder, der der Prozession der Ungeheuer entgegenging.

Die Giganten blieben stehen. Skudder musterte den vordersten Reiter mit gespielter Ruhe, drehte sich dann herum und schritt fast gelassen auf die titanische Libelle zu. Einige Sharks — ihre Zahl mußte auf mehr als hundert angestiegen sein, dachte Charity — wollten sich zu ihm gesellen, aber Skudder scheuchte sie mit einer unwilligen Handbewegung zurück. Zwei Schritte vor der riesigen Libelle blieb er stehen und legte den Kopf in den Nacken. Vor dem gigantischen Insekt sah er aus wie ein Zwerg.

»Hallo, Raoul«, sagte er ruhig. »Du kommst zu früh. Und du hast lieben Besuch mitgebracht, wie ich sehe.«

Raoul war zu weit entfernt, als daß Charity auf seinem Gesicht irgendeine Reaktion ablesen konnte, aber seine Stimme klang nervös, als er antwortete.

»Tut mir leid, Skudder«, sagte er. »Sie . . . sind mir auf halber Strecke entgegengekommen.« Er deutete mit einer Kopfbewegung auf den schwarzgepanzerten Insektenkrieger vor sich. »Das ist R'hen. Daniel schickt ihn.«

»Daniel, so?« Skudder schüttelte den Kopf, als amüsiere ihn

diese Antwort. »Willst du nicht absteigen, Raoul?« fragte er harmlos. »Es spricht sich so schlecht, wenn ich zu dir aufsehen muß.«

Raoul zögerte. Nicht nur Charity bemerkte, daß er einen sehr langen, fast verständigen Blick mit R'hen tauschte, ehe er Skudders Befehl endlich nachkam. Mit einer Bewegung, die so fließend war, als hätte er das schon unzählige Male gemacht, schwang er sich aus dem Nacken der Reitlibelle und kam federnd vor Skudder auf dem Boden auf. Skudder musterte ihn kalt, dann drehte er sich herum und winkte Charity.

Widerwillig setzte sie sich in Bewegung. Jeder einzelne Schritt kostete sie große Kraft, und es wurde schwerer, je mehr sie sich den Insektenmonstern näherte. Es war wie damals, im Sternenschiff, als sie der fremden Technik der Außerirdischen das erste Mal gegenübergestanden hatte, und später in New York, beim Kampf gegen die Monsterkrieger — es war, als spürte etwas in ihr das unsagbar Fremde, Böse, das die Seele dieser titanischen Kreaturen ausmachte. Plötzlich war sie sehr sicher, daß Niles recht gehabt hatte, als er behauptete, Moron symbolisiere die dunkle Seite der kosmischen Kräfte.

Skudder machte eine komplizierte Handbewegung, die sowohl sie als auch R'hen einschloß. »Ich nehme an, Daniel hat ihn geschickt, um Captain Laird abzuholen«, sagte er. »Er ist zu früh. Sag ihm das.«

Raoul schluckte nervös. Er hatte Angst, das war unübersehbar. Unsicher wandte er sich um, legte den Kopf in den Nacken und rief R'hen einige Worte in einer schrillen, völlig unverständlichen Sprache zu, die nur aus Pfeif- und Klicklauten zu bestehen schien.

»Dein Freund ist sehr talentiert«, sagte sie.

Skudder nickte und schwieg, aber Raoul hatte die Worte deutlich gehört. Nervös sah er zu Charity hinüber und wandte sich erst nach einer Weile wieder an R'hen. Der Libellenreiter antwortete in der gleichen Sprache, die er allerdings ungleich besser als Raoul beherrschte.

»Nun?« fragte Skudder lauernd.

Raoul druckste einen Moment herum. »Er . . . er sagt, er

weiß nichts von Captain Laird«, sagte er schließlich. »Er sagt, Daniel . . . hat ihn geschickt, um . . . um die Exekution zu überwachen.«

»So, sagte er das?« Skudder klang nicht einmal besonders überrascht.

Raoul wich seinem Blick aus und schwieg.

»Weißt du was, Raoul?« fuhr Skudder nach einer Sekunde fort, noch immer im gleichen, fast beiläufigen Tonfall. »Ich glaube dir kein Wort.«

»Was willst du damit sagen?« fragte Raoul.

»Mir geschehen in letzter Zeit ein paar Zufälle zuviel«, antwortete Skudder. »Du bist ihnen ganz zufällig begegnet, wie? Ebenso zufällig wie vorgestern, als ich dich zurückgeschickt habe. Weißt du, ich habe mich schon die ganze Zeit über gefragt, woher Daniel wußte, daß sie die Tiefen sucht.«

»Woher soll ich das wissen?« sagte Raoul gepreßt. Nervös sah er sich um. Die Straße rings um die Reiterkolonne war jetzt schwarz vor Sharks.

»Ich denke schon, daß du es weißt«, sagte Skudder ruhig. »Unser Freund Daniel ist immer ziemlich gut informiert, findest du nicht? So gut, als gäbe es hier jemanden, der ihn auf dem laufenden hält.«

Aus den Reihen der Sharks erklang jetzt ein drohendes Murren. Ein paar der Männer rückten näher, blieben aber wieder stehen, als eine der Käferkreaturen drohend den Schädel hob.

»Willst du behaupten, daß ich ein Spitzel bin?« fragte Raoul trotzig.

Skudder nickte. »Ja.«

Es dauerte eine ganze Weile, bis Raoul reagierte. Und als er es tat, schien er eingesehen zu haben, daß es wenig Sinn hatte, weiter zu leugnen. In seinen Augen stand ein trotziges Funkeln.

»Gut, du hast recht«, sagte er wütend. »Ich arbeite für Daniel.«

Ein wütender Schrei grellte irgendwo hinter ihm auf. Charity sah, wie einige der Sharks abermals näher rückten. Ein paar Messer wurden gezogen. Jemand entsicherte ein Gewehr.

Skudder hob hastig die Hand. »Nicht«, sagte er. »Laßt ihn reden.«

»Ich arbeite für Daniel!« wiederholte Raoul trotzig. »Und? Das tun wir doch alle, oder?«

»Du bist ein mieser, kleiner Verräter«, sagte Skudder kalt.

»Ach, bin ich das?« Raoul reckte kampflustig das Kinn vor. »Vielleicht bin ich nur ein wenig vernünftiger als du.«

»Indem du uns bespitzelst?«

»Indem ich dafür sorge, daß wir nicht alle umgebracht werden!« schrie Raoul. »Verdammt, hast du wirklich geglaubt, mit dieser idiotischen Idee durchzukommen? Du hättest Daniel keine fünf Minuten damit täuschen können!« Er schüttelte zornig den Kopf. »Du bist zu weich, Skudder«, sagte er. »Du riskierst das Leben aller hier, um . . . um dieses Pack zu retten.«

Skudder blickte ihn lauernd an. »Was wird das, Raoul?« fragte er. »Eine kleine Palastrevolution? Bist du scharf auf meinen Posten?«

»Nein«, fauchte Raoul. »Ich bin scharf darauf, weiterzuleben.«

»Hast du uns deshalb an Daniel verkauft?« fragte Skudder ruhig.

»Verkauft!« Raoul schnaubte. »Wach endlich auf, Skudder! Du träumst, wenn du glaubst, daß du irgend etwas ohne Daniels Einverständnis tun könntest. Verdammt, ja, ich arbeite für ihn, aber ich habe es für uns getan. Glaubst du wirklich, auch nur einer von uns wäre noch am Leben, wenn er es nicht wollte?«

»Und was schlägst du vor?« fragte Skudder, noch immer in diesem ruhigen, fast beiläufigen Ton. »Daß wir vierhundert Leute erschießen, nur weil *Daniel* es so will?«

Für eine Sekunde wurde es still; absolut still, aber Charity sah das Entsetzen auf den Gesichtern der Sharks. Keiner außer ihnen und Raoul hatte bisher von Daniels Befehl gewußt. Sie begann sich zu fragen, ob sie die Sharks nicht trotz allem falsch eingeschätzt hatte.

»Du hast gar keine andere Wahl«, sagte Raoul trotzig. »Sie oder wir.«

»Und du glaubst, ich würde das akzeptieren? Wie lange bist du jetzt bei uns, Raoul — zehn Jahre? Und du hast in der ganzen Zeit nicht begriffen, daß wir uns nichts vorschreiben lassen. Auch nicht von Daniel.«

»Idiot«, sagte Raoul kalt. »*Du* hast nichts begriffen, Skudder. Wir haben von Anfang an nur hier gelebt, weil Moron es wollte.« Wütend deutete er auf die Reiter hinter sich. »*Sie* sind die wahren Herren hier!«

»O ja, und es geht euch ja so gut unter ihrer Herrschaft«, mischte sich Niles ein. »Sie geben euch ein paar Waffen und Treibstoff und sehen im übrigen zu, wie ihr ihre Schmutzarbeit erledigt und zum Dank auch noch verreckt, ohne es zu merken.«

Skudder sah ihn verwirrt an. »Was soll das heißen.«

Niles schürzt wütend die Lippen. »Ich wollte es euch nicht sagen«, antwortete er. »Ich wollte zusehen, wie ihr alle vor die Hunde geht, Skudder. Aber jetzt . . .« Er machte eine weit ausholende Handbewegung. »Wer hat euch erlaubt, in dieser Stadt zu leben? Daniel?«

Skudder nickte verwirrt, während sich auf Raouls Gesicht ein Ausdruck ungläubigen Schreckens ausbreitete. »Ja. Wieso?«

»Weil sie euch umbringt, eure famose Stadt«, antwortete Niles hart.

»Was willst du damit sagen?«

Niles lächelte dünn. »Hast du dich nie gefragt, was es wohl gewesen ist, das diese Stadt zerstört hat?« fragte er. »Nein? Ich will es dir sagen: Es war eine Atombombe. Hier ist alles verstrahlt. Es ist lange her, aber die Strahlung reicht noch immer, um euch irgendwann umzubringen.«

»Das ist nicht wahr!« protestierte Skudder.

»Nein?« Niles lachte böse. »Deine Leute sterben nicht manchmal einfach so? Ihr leidet nicht unter einer Krankheit, bei der ihr erst Ausschlag bekommt und dann immer schwächer werdet?«

»Er lügt!« behauptete Raoul. Er klang nicht sehr überzeugend.

»Nein«, sagte Charity. »Er sagt die Wahrheit.«

»Du weißt überhaupt nichts!« brüllte Raoul. Wütend sprang er vor, packte Charity beim Arm und versetzte ihr einen Stoß.

Und im gleichen Moment, in dem er sie berührte, wußte sie es.

Plötzlich begriff sie, warum sie sich in seiner Nähe stets so unwohl gefühlt hatte und warum er den Lasertreffer so ungerührt hingenommen hatte — und ebenso plötzlich wußte sie auch, daß es nicht nur die Reiter und die vierarmigen Insektenkrieger waren, deren Nähe sie innerlich zu Eis erstarren ließ.

»Niles sagte die Wahrheit«, sagte sie ruhig. »Und Raoul weiß das auch ganz genau.« Sie sah Skudder an. »Er gehört nämlich zu ihnen.«

Plötzlich ging alles unglaublich schnell. Skudder fuhr herum und starrte seinen Stellvertreter aus ungläubig aufgerissenen Augen an, während Raoul zurücksprang, gegen die Libelle prallte und blitzschnell unter seine Jacke griff. In seiner Hand lag plötzlich eine kleine, silberglänzende Waffe.

Skudder ließ sich zur Seite fallen, versetzte Charity einen Stoß, der sie in die entgegengesetzte Richtung taumeln ließ, und griff gleichzeitig nach dem Beil, das an seinem Gürtel hing. Raouls Waffe stieß einen fingerdicken, blendendweißen Blitz aus, aber der Energiestrahl verfehlte Skudder und traf einen der hinter ihm stehenden Sharks. Der Mann flammte auf wie eine Fackel und zerfiel in Sekundenbruchteilen zu Asche, aber Raoul kam nicht dazu, noch einmal zu schießen.

Skudders Beil traf seinen Schädel und spaltete ihn.

Charity vergaß den Anblick nie mehr im Leben. Raoul prallte zurück und ließ die Waffe fallen. Ein hoher, pfeifender Ton drang aus seiner Brust, während sein Kopf auseinanderklappte, entlang einer sauberen, rasiermesserscharf gezogenen Linie, nicht wie eine Wunde, sondern so, als bestünde sein Körper aus zwei Kunststoffhälften, die sich jetzt trennten.

Und darunter kam der wirkliche Raoul zum Vorschein.

Das Wesen war nur halb so groß wie ein Mensch und von nachtschwarzer Farbe. Sein Körper war fast formlos, ein zuckendes, pulsierendes Etwas, das in ein Dutzend unterschiedlich großer Segmente aufgeteilt war und über ein Dutzend spinnendürrer Glieder verfügte. Faustgroße, unendlich böse Augen starrten Skudder und Charity an.

Und das Wesen war keineswegs tot oder verletzt. Langsam, mit spinnenartigen, abrupten Bewegungen, kroch es aus der Raoul-Maske heraus, richtete sich zitternd auf und tastete mit zweien seiner zahllosen Arme nach seiner Waffe.

Es erreichte sie nie.

Hinter Charity erscholl plötzlich ein gellender Schrei, und dann stürzte eine große, dunkelhäutige Gestalt an ihr und Skudder vorbei und warf sich mit weit ausgebreiteten Armen auf das Ungeheuer.

Das Wesen, das aus Raoul herausgekrochen war, wirbelte blitzschnell herum. Aber es hatte keine Chance. Niles begrub es einfach unter sich. Das Spinnending bekam seine Waffe zu fassen und versuchte sie hochzureißen, aber trotz seines Alters war Niles noch immer ein Mensch, mehr als doppelt so groß wie das Ungeheuer und viermal so schwer. Seine Hand packte den Arm des Insektenwesens und brach ihn einfach durch; gleichzeitig hämmerte seine andere Faust immer wieder in das flache Gesicht des Monsters.

Plötzlich ertönte ein schriller, unglaublich *lauter* Schrei. Charity sah, wie zwei der Reiterkreaturen herumfuhren und der Vierarmige im Nacken der Libelle mit gleich drei Händen nach seinen Waffen griff.

Aber er führte die Bewegung nie zu Ende. Mit einemmale ragte der zitternde Griff eines Messers aus seiner Brust. Ein Schuß krachte, dann ein zweiter, und der schwarze Chitinpanzer R'hens zerbarst splitternd.

Dann brach auf der schmalen Straße im wahrsten Sinne des Wortes die Hölle los. Plötzlich waren überall Schreie und Schüsse und rennende Gestalten, und zwei, drei weitere Vierarmige kippten von den Rücken ihrer gigantischen Reittiere. Skudder schrie wütend auf, nahm Anlauf und riß einen weiteren Insektenkrieger vom Rücken seines Reiters. Aneinandergeklammert fielen sie zu Boden und verschwanden unter der Menge der heranbrandenen Sharks. Der letzte überlebende Streiter R'hens riß sein Tier herum, zog gleichzeitig seine Waffe und begann ziellos in die Menge zu feuern. Der Käfer machte einen gigantischen Satz nach vorne, rannte fast ein Dutzend Sharks einfach über den Haufen und packte mit seinen schrecklichen Scheren zu. Charity hörte einen gellenden Todesschrei, der selbst den Lärm des Kampfes für einen Moment übertönte, dann krachten wieder Schüsse, und der Vierarmige sackte reglos vom Rücken seines Tieres.

Aber der Kampf war noch nicht vorbei. Die gigantischen Käfer gerieten in Panik — und sie waren mindestens ebenso schreckliche Gegner wie ihre Reiter! Charity sah, wie eines der Tiere in blinder Angst einfach losstürmte und die Fassade eines Hauses durchbrach. Das Gebäude kippte über ihm zusammen und begrub auch mehr als ein Dutzend Sharks unter sich.

Charity begriff plötzlich, daß auch sie keineswegs außer Gefahr war. Sie besaß keine Waffe — und die Riesenlibelle vor ihr begann zu toben! Mit einem schrillen, ungeheuer *lauten* Pfeifen richtete sie sich auf, versuchte die Flügel zu spreizen und sich in die Höhe zu katapultieren. Ihr fürchterlicher Schwanz peitschte; der mannslange Stachel daran tötete in einer einzigen, wuchtigen Bewegung vier, fünf Sharks, und die so zerbrechlich aussehenden Flügel fegten ein halbes Dutzend weiterer Männer einfach von den Füßen. Auch Charity sah einen riesigen Schatten auf sich zu rasen, warf sich instinktiv zu Boden und hörte einen Schrei, als der Libellenflügel einen der Männer hinter ihr traf wie ein gläsernes Schwert.

Ganze Salven von Schüssen wurden abgefeuert. Eines der riesigen Regenbogenaugen der Libelle erlosch, kleine, runde Löcher entstanden in ihrem schimmernden Panzer, aber der Schmerz trieb das Ungeheuer eher noch mehr zur Raserei. Verzweifelt versuchte es sich abzustoßen, fuhr wieder herum und schnappte in blinder Wut nach allem, was sich in seiner Nähe bewegte. Seine fürchterlichen Mandibeln zuckten wie eine gigantische, zweifingrige Hornklaue auf Charity herab.

»Laird! Zur Seite!«

Charity reagierte instinktiv, als sie den Schrei hörte. Blitzschnell rollte sie sich herum, krümmte sich und schlug schützend die Arme über dem Gesicht zusammen.

Ein fingerdicker Strahl aus blutrotem Licht jagte einen halben Meter an ihr vorbei, traf den Chitinpanzer der Libelle dicht hinter dem Kopf und brannte ein kaum münzgroßes Loch hinein. Das Ungeheuer kreischte, bäumte sich auf die beiden hinteren Beinpaare auf — und explodierte regelrecht, als sich die gesamte Energie des Laserstrahlers in seinem Körper entlud.

Das letzte, was sie halbwegs bewußt mitbekam, war der Anblick Abn El Gurks, der unter der Tür von Skudders Haus stand, Charitys Lasergewehr in den viel zu kleinen Händen hielt und in aller Seelenruhe auf ein weiteres Rieseninsekt anlegte.

Sie konnte nicht länger als ein paar Sekunden bewußtlos gewesen sein, denn als sie wieder zu sich kam, war zwar der Kampf vorbei, aber immer noch erfüllten Stöhnen und Wehklagen die Luft. Charity richtete sich auf. Ihr wurde schwindelig, und der pochende Schmerz in ihrem Hinterkopf wurde übermächtig, aber sie kämpfte dagegen an und stemmte sich vollends in die Höhe. Sie blinzelte ein paarmal und strich sich mit der Hand über das Gesicht, um die Benommenheit zu vertreiben, erst dann schaute sie sich um.

Der Anblick war furchtbar. Die gigantischen Käfer und die Riesenlibelle waren so tot wie ihre Reiter, aber die Sharks hatten einen schrecklichen Preis für ihren Sieg bezahlen müssen. Die Straße war gesäumt von Toten — es mußten weit mehr als ein Dutzend sein —, und auch von den anderen Sharks war kaum einer ohne Blessuren davongekommen. Viele der Verletzten hatten so schlimme Wunden erlitten, daß man kein Arzt sein mußte, um zu erkennen, daß sie die nächsten Stunden nicht überleben würden.

Ein Stück entfernt entdeckte sie Skudder, der voller Abscheu auf die Überreste der Kreatur starrte, die einmal Raoul gewesen war. Langsam wandte er den Kopf. Sein Blick flackerte unstet, und ein abgrundtiefes Grauen spiegelte sich in seinen Augen.

»Was . . . was um alles in der Welt war das?« flüsterte er.

Charity schwieg — und was hätte sie auch sagen sollen? Sie

wußte selbst auch nicht mehr als er. Sie ließ ihren Blick zu Niles' Leichnam weiterwandern, den jemand von der Kreatur getrennt und ein paar Schritte entfernt auf den Boden gelegt hatte. Ein kalter, irgendwie zielloser Zorn überkam sie. Niles war einmal ihr Freund gewesen, aber das schien mehr als ein paar Ewigkeiten her zu sein.

Sie ließ ihren Blick zu dem Raoul-Wesen zurückwandern und merkte erst jetzt, daß Skudder sie immer noch anstarrte und auf Antwort wartete. Ratlos zuckte sie mit den Schultern. »Ich weiß es nicht.«

»Vielleicht kann ich Ihnen weiterhelfen«, sagte eine Stimme hinter ihnen. Mark war unbemerkt zu ihnen getreten. »Es ist nur eine Vermutung . . .« Er fuhr sich mit der Zungenspitze über die Lippen und versuchte vergeblich, sich den Ekel nicht allzu deutlich anmerken zu lassen, den der Anblick des getöteten Ungeheuers in ihm auslöste.

»Was wissen Sie?« fragte Skudder.

»Es . . . es sind nur Vermutungen.« Mark lächelte nervös. »Die . . . Wesen, die wir bisher kennen, sind mehr oder weniger insektoider Abstammung. Die meisten sind uns in kleineren, ansonsten aber nur geringfügig anderen Gattungen aus dem irdischen Tierreich bekannt.«

»Reden Sie nicht lange herum, sondern kommen Sie endlich zur Sache«, unterbrach Skudder ihn barsch. »Was ist mit Raoul passiert?«

»Vermutlich war es eine Art Parasit«, sagte Charity.

Mark sah überrascht auf. »Sie wissen —?«

»Moron hat kein Monopol auf Ungeheuer«, wandte Charity ein. Sie blickte auf die geborstene Hülle herab, die einmal ein menschlicher Körper gewesen war. Selbst aus allernächster Nähe war nicht festzustellen, ob es sich um ein Kunstprodukt handelte oder *wirklich* um einen Menschen, dessen Zellmasse durch eine unvorstellbare Metamorphose verwandelt worden war. Mühsam riß sie sich von dem Anblick los und sah Mark an. »Sie denken dasselbe wie ich.«

Skudders Blick wanderte nervös zwischen Marks und ihrem Gesicht hin und her. »Würde es euch etwas ausmachen, mich an eurer kleinen Fachsimpelei teilhaben zu lassen?« fragte er spitz.

»Das ist kein Geheimnis«, sagte Mark. Es fiel ihm immer noch schwer, ganz offen mit dem Mann zu sprechen, den er noch vor einer halben Stunde für seinen Todfeind gehalten haben mußte. Plötzlich lächelte er. »Aber ich dachte immer, als echter Indianer müßten Sie das alles viel besser wissen als wir.«

Skudders Blick wurde finster, und Charity beeilte sich, hinzuzufügen: »Was Mark meint, ist, daß Raoul — der *echte* Raoul — von einer Art Parasit befallen wurde.«

Skudder erbleichte. »Ihr meint . . .«

»Etwas hat ihn von innen heraus aufgefressen, ja«, sagte Mark hart. »Wahrscheinlich war er schon seit Jahren nicht mehr er selbst.«

»Das ist . . . monströs«, flüsterte Skudder.

»Es ist ganz normal«, sagte Charity leise. Skudder starrte sie an, und sie fuhr fort: »Denk nur an die Schlupfwespen — sie legen ihre Eier in die Körper anderer Tiere ab. Die Larven schlüpfen dann irgendwann und fressen ihre Wirte bei lebendigem Leibe auf.«

»Aber das sind *Tiere!*« protestierte Skudder.

»Das sind wir für die Moroni wahrscheinlich auch«, sagte Mark bitter.

»Sie meinen, daß sich die Moroni-Larven in ihrem Wirtskörper ausbreiten und ihn irgendwann ganz übernehmen«, führte Skudder den Gedanken zu Ende. »Sie wachsen und . . . und verändern ihn von innen, bis —« Er brach ab und starrte auf das herunter, was aus Raoul geworden war. »Aber es sind trotzdem nur Tiere«, sprach er schließlich weiter. »Sie können menschliches Verhalten nicht so perfekt nachahmen, daß niemand einen Unterschied bemerkt.«

»Um das zu verstehen, müßten wir eines dieser Biester lebend in die Hand bekommen«, sagte Charity. »Vielleicht lassen sie das Gehirn ihres Opfers unangetastet und bringen nur seinen Willen unter ihre Kontrolle. Oder sie absorbieren Teile seiner DNA, seine Erinnerungen, sein Wissen, charakterliche Eigenarten und dergleichen, um die Rolle nach außen hin weiterzuspielen. Auf jeden Fall müssen sie intelligenter sein, als ihr bislang geglaubt habt.«

»Und . . . wenn er nicht der einzige war?« murmelte Skudder. »Vielleicht gibt es noch mehr? Jeder hier könnte einer der Moroni sein.«

»Nein.« Charity schüttelte den Kopf. »Jedenfalls glaube ich es nicht.«

»Woher willst du das wissen? Woran hast du ihn überhaupt erkannt? Ich kannte Raoul seit Jahren, und nicht einmal ich habe etwas gemerkt.«

Charity sah Skudder ernst an. »Doch«, widersprach sie leise, aber mit sehr fester Stimme. »Du hast es gemerkt. Nicht so deutlich wie ich, aber trotzdem, und bei mir hat es auch lange gedauert, bis ich die richtigen Schlüsse gezogen habe. Die Kopie war perfekt, und es gab keine Unterschiede zu einem echten Menschen, nichts, was man erkennen konnte. Ich habe es einfach nur gespürt.«

»Ich verstehe nicht, was du meinst«, sagte Skudder verwirrt.

»Ich mochte ihn von Anfang an nicht«, erklärte Charity. »Irgend etwas an ihm stieß mich ab, ohne daß ich wußte, was es war. Und du hast vorhin zugegeben, daß er dir auch unheimlich wäre. Du hast dieses Gefühl nur unterdrückt, weil du ihm unbedingt vertrauen wolltest, und das war der Fehler. Schon als ich das erste Mal auf die Außerirdischen traf, sogar als ich mich nur in der Nähe ihrer Maschinen befand, habe ich mich so unbehaglich gefühlt. Dann, als ich vorhin direkt vor den Moroni stand, und Raoul mich berührte, habe ich plötzlich gemerkt, daß es die gleiche Art von Unbehagen war.«

»Gefühle.« Skudder versuchte, seiner Stimme einen verächtlichen Tonfall zu verleihen, aber es gelang ihm nicht; was geschehen war, hatte ihn viel zu sehr erschüttert, als daß er seine Unsicherheit verbergen könnte. Er lächelte gezwungen. »Das ist etwas wenig, um sich darauf zu verlassen. Es kann Zufall gewesen sein. Vielleicht hatte sich das . . . Ding nur nicht gut genug unter Kontrolle. Es wäre etwas zu einfach, wenn wir sie alle auf diese Art erkennen könnten. Zu einfach, als daß ich mein Leben darauf setzen würde.«

Charity musterte ihn noch einige Sekunden, dann wandte sie sich schweigend um. Skudder wußte so gut wie sie, daß ihnen keine andere Wahl blieb, wollten sie nicht ständig jeden verdächtigen. Jede vernünftige Zusammenarbeit würde unmöglich werden, die Zweifel an der wahren Identität des anderen würden sie einander mehr entzweien und jede Tatkraft lähmen, als die Moroni es vermochten.

Sie wollte zu den verletzten Sharks hinübergehen, um zu sehen, ob sie ihnen helfen konnte, doch Gurk trat ihr in den Weg. »Was geschieht nun mit Mark und seinen Leuten?« fragte er, wobei er abwechselnd sie und Skudder anschaute. »Wir dürfen nicht noch mehr Zeit vertrödeln, sonst war alles umsonst.«

Unwillig verzog Skudder das Gesicht. »Was gibt es da noch zu bereden? Es bleibt bei meiner Entscheidung. Du wirst sie über die Ebene führen, und wir verbrennen die Toten und die *Reiter.«*

»Dazu bleibt keine Zeit mehr«, widersprach Gurk. »Es kann nicht mehr lange dauern, bis Daniel hier ist. Wenn wir über die Ebene ziehen, wird er uns aus der Luft ent. . .«

Skudder trat blitzschnell einen Schritt vor, packte den Zwerg am Kragen und hob ihn scheinbar mühelos noch. »Woher weißt du davon?« zischte er. »Außer Captain Laird war niemand dabei, als ich mit Daniel gesprochen habe, und keiner von uns hat gesagt, daß er herkommen würde. Also — woher weißt du davon?«

Gurk versuchte vergeblich, sich aus seinem Griff zu befreien. »Laß mich los, du Grobian!« zeterte er. Dann sah er die Sinnlosigkeit seiner Bemühungen ein und schnaubte verächtlich. »Ich bin vielleicht klein, aber deshalb noch lange nicht blöd. Bei dem Aufwand, den Daniel getrieben hat, um Charity in die Hände zu bekommen, wird er so schnell wie möglich mit ihr sprechen wollen. Und am schnellsten geht es, wenn er herkommt, um sie persönlich abzuholen. Außerdem wird er sich mit eigenen Augen davon überzeugen wollen, daß du seinen Befehl ausgeführt hast. Wie du siehst, brauchte ich nur ein bißchen logisch nachzudenken. Und jetzt laß mich endlich runter.«

Diesmal erfüllte Skudder ihm seinen Wunsch. Aus einem

Meter Höhe stürzte Gurk zu Boden, rappelte sich mit einem Fluch auf und rieb sich sein Hinterteil.

Skudder grinste, aber das Mißtrauen war noch nicht ganz aus seinem Gesicht gewichen. »Du denkst für meinen Geschmack ein bißchen zuviel, Zwerg«, sagte er. »Das kann manchmal ungesund sein. Und du weißt immer etwas mehr, als gut für dich ist.«

»Laßt das jetzt«, mischte sich Charity unwirsch ein. »Das ist kaum der richtige Moment zum Streiten. Gurk hat recht. Wir sollten sehen, daß wir von hier wegkommen.«

»Von *wir* war nie die Rede.«

Skudders Worte kamen so rasch und scheinbar beiläufig, daß ihr erst nach ein paar Sekunden klarwurde, daß der mit dem *wir* nicht nur sich und seine Leute meinte. »Du gehst ein bißchen zu selbstverständlich davon aus, daß ich dich freilasse«, fügte er hinzu. »Was soll ich Daniel erzählen? Daß wir dich versehentlich auch umgebracht und verbrannt haben? Oder daß du uns erneut entkommen bist?«

»Du wirst ihm gar nichts sagen«, antwortete Charity. »Weil es keinen Sinn hat, länger Theater zu spielen. Daniel wird deinen Bluff in jedem Fall durchschauen, ob du mich auslieferst oder nicht. Vielleicht weiß er schon längst, was hier passiert ist, und wenn nicht, wird er spätestens dann mißtrauisch werden, wenn er von Raouls Tod erfährt. Er wird sich an dir und deinen Männern rächen. Ihr könnt nicht hierbleiben.«

Einer der Sharks kam heran und wechselte leise ein paar Worte mit Skudder. Der Hopi zögerte und überlegte einen Moment, dann schüttelte er den Kopf und scheuchte den Mann mit einer unwilligen Handbewegung fort, bevor er sich wieder an Charity wandte. »Ich hätte dich erschießen sollen, als ich dich zum ersten Mal sah, das hätte mir einiges erspart. Jetzt ist es leider zu spät«, murmelte er. »Also schön, was sollen wir deiner Meinung nach jetzt tun?«

Charity deutete auf Mark. »Er und seine Leute werden sterben, wenn du sie zu Fuß in die Ebene hinausschickst. Dann kannst du sie auch gleich hier umbringen. Der einzige halbwegs sichere Unterschlupf ist der Bunker. Laß sie mit den Lastwagen nach SS Nulleins zurückbringen, dann haben sie eine Chance.«

»Daniel *weiß* von dem Bunker.«

»Das wußte er schon immer«, antwortete Charity. »Verdammt, er war drinnen, genau wie ich. Aber Raoul war der einzige, der den Eingang kannte. Ich weiß, es ist gefährlich, aber es ist eine Chance. Und nicht nur für sie. Auch für euch. Ihr solltet euch ihnen anschließen.«

»Und ebenfalls zu Tiefen werden?« Skudder lachte bitter. »Uns unter der Erde verkriechen und darauf warten, daß Daniel uns findet oder daß ein Wunder geschieht? Du weißt, daß wir so nicht leben könnten. Wir würden durchdrehen.«

»Es wäre nur für ein paar Tage; so lange bis die Wogen sich wieder geglättet hätten. Daniel dürfte Wichtigeres zu tun haben, als wochenlang nach euch zu suchen. Es ist eure einzige Chance.«

Skudder schwieg lange Zeit. Er scharrte mit den Füßen im Sand, und obwohl sein Gesicht unbewegt blieb, ahnte sie, was jetzt in ihm vorging. Von seiner Entscheidung hing das Leben von fast siebenhundert Menschen ab. Ihr fielen Dutzende weitere Argumente ein, die für ihren Vorschlag sprachen und bislang unerwähnt geblieben waren, doch sie wußte auch, daß Skudder jedes dieser Argumente selbst kannte, und so schwieg sie, weil jedes weitere Wort überflüssig gewesen wäre.

»Nein«, sagte er schließlich in einem Tonfall, der zeigte, daß seine Entscheidung endgültig war. »Ich werde Mark und die anderen zum Bunker zurückfahren lassen, aber wir bleiben hier. Wir würden jede Selbstachtung verlieren, wenn wir uns wie Tiere unter der Erde verkriechen würden. Ganz abgesehen davon, daß meine Männer mir nicht gehorchen würden, wenn ich einen solchen Befehl gäbe.«

Gurk schüttelte resignierend den Kopf. Mark schaute Skudder noch einen Moment verständnislos an, dann zuckte er mit den Schultern, drehte sich abrupt um und eilte mit einem gemurmelten: »Wie Sie meinen!« davon.

»Was ist mit euch?« fragte Skudder. »Ihr könnt euch ihnen meinetwegen anschließen, aber ihr könnt auch hierbleiben, wenn ihr wollt.«

»Was ich will«, sagte Charity gedehnt, »ist Stone. Aber nicht hier und nicht jetzt. Er ist nicht so unbesiegbar, wie er euch glauben macht, Skudder. Wenn ich Ort und Zeit bestimmen kann, habe ich eine Chance, ihn zu schlagen.«

Skudder lächelte. »Wenn man dir so zuhört«, murmelte er, »könnte man fast glauben, daß du es wirklich schaffst. Aber du wirst Hilfe dabei brauchen.«

Es dauerte eine Weile, bis Charity begriff, was Skudder überhaupt meinte. »Du willst . . .«

»Dich begleiten, ja«, unterbrach sie der Shark.

»Und ich ebenfalls«, schloß sich ihm Gurk an. »Ihr seid zwar alle verrückt, aber wenigstens ist es in eurer Nähe nie langweilig.«

Auf der riesigen Sitzbank der Harley-Davidson wirkte Gurks Gestalt schlichtweg lächerlich, verloren wie ein Kind, das es sich im Sessel eines Riesen bequem gemacht hatte und jetzt nicht so richtig wußte, was es dort überhaupt sollte. Er grinste zwar, aber dieses Grinsen war nicht echt, und man sah ihm an, wie unwohl er sich in seiner Haut fühlte.

Charity warf ihm ein aufmunterndes Lächeln zu, drehte sich zu ihrer eigenen Maschine um und wartete, bis Net Platz genommen hatte, ehe sie zu ihr stieg. Automatisch streckte sie die Hand nach dem Zündknopf aus, führte die Bewegung aber nicht zu Ende. Es kam auf eine Minute nicht mehr an. Sehr müde schaute sie auf, sah sich um und blickte schließlich der ganz in schwarz gekleideten, breitschultrigen Gestalt entgegen, die den Platz überquerte und sich ihnen näherte.

Es war ein fast unheimlicher Anblick. Eines der Häuser brannte noch immer, und die Flammen schienen Skudders schwarze Ledermontur mit flüssigem Blut zu übergießen. Mehr denn je erinnerte er Charity jetzt an einen Indianer — und nicht nur wegen des archaischen Bogens, den er neben dem Lasergewehr über dem Rücken trug. Sie hatte selten einen Mann gesehen, der so . . . ja, so *stolz* wirkte wie er; trotz allem, was während der letzten Stunden geschehen war.

»Seid ihr soweit?« fragte Skudder, nachdem er herangekommen war.

Charity nickte, aber sie antwortete nicht gleich. Wieder glitt ihr Blick über die Straße, und wieder schauderte sie, als sie das Schlachtfeld sah. Skudders Leute hatten die Toten und Verwundeten fortgeschafft, aber wie wußte, daß es entsetzlich viele gewesen waren.

»Es tut mir leid«, sagte sie unvermittelt.

Skudder lächelte sanft. »Das muß es nicht. Wir hätten nicht anders gehandelt, wenn du nicht gekommen wärst.«

Charity glaubte ihm. Aber das änderte nichts daran, daß sie sich die Schuld an allem gab.

»Daniel hat einen Fehler gemacht«, fuhr Skudder fort. »Er hat geglaubt, wir wären seine Sklaven, wie diese Insektenkreaturen. Aber das sind wir nicht. Ein Shark gehorcht niemandem, außer sich selbst. Raoul hätte das wissen müssen. Er hat lange genug unter uns gelebt.«

»Und was werden sie jetzt tun?« fragte Charity.

Diesmal dauerte es eine Weile, bis Skudder antwortete. »Ich weiß es nicht«, gestand er. »Erst einmal verschwinden, denke ich. Ein paar werden sich Mark und seinen Tiefen anschließen, und die anderen . . .« Er zuckte mit den Schultern. »Bart und ein paar von den Jungs haben gefragt, ob sie uns begleiten dürfen. Ich habe nichts dagegen. Du?«

Charity schüttelte den Kopf. Skudder verwirrte sie. Er machte nicht den Eindruck eines Mannes auf sie, der alles verloren hatte. »Natürlich nicht«, sagte sie hastig.

»Skudder . . .?«

»Ja?«

»Du . . . mußt nicht mitkommen«, sagte sie. Plötzlich fiel es ihr schwer zu sprechen. »Net und ich kommen schon allein durch.«

»Unsinn«, widersprach Skudder. »Das kommt ihr nicht. Du weißt ja nicht einmal, wo du hinwillst.«

»Diese Rebellen, von denen Niles sprach . . .«

»Würdest du nicht einmal ohne mich finden«, unterbrach sie Skudder. Er stieg auf sein Motorrad, kippte die Maschine hoch und ließ den Motor an. »Und außerdem gibt es etwas, was ich zusammen mit dir tun möchte«, fügte er hinzu.

Charity sah ihn fragend an. »So?«

Skudder grinste. »Nicht, was du jetzt denkst. Jedenfalls nicht nur.« Er griff in die Tasche, streckte den Arm aus und ließ etwas in Charitys ausgestreckte Hand fallen. Überrascht erkannte sie, daß es ihre Uhr war.

»Der alte Mann hat recht gehabt, als er erzählte, daß Moron es verbiete, die Zeit zu messen«, sagte Skudder lächelnd. »Aber ich finde so ein Ding ganz praktisch. Was hältst du davon, wenn wir versuchen, auf diesem Planeten wieder einen Kalender einzuführen?«

»Wir zwei allein?« fragte Charity ungläubig.

Skudder lachte. Aber er antwortete nicht, sondern legte einen Gang ein und fuhr so schnell los, daß Gurk hinter ihm ein erschrockenes Kreischen ausstieß.

Und nach ein paar Sekunden folgte ihm Charity.

Wo die Fahrt ins Ungewisse endet,
erzählt Wolfgang Hohlbein
im dritten Band
seiner Charity-Serie.
DIE KÖNIGIN
DER REBELLEN
(Bastei-Lübbe 23 100)

WOLFGANG HOHLBEIN
CHARITY
Die beste Frau der Space Force
Dunkel ist die Zukunft
Die Königin der Rebellen
In den Ruinen von Paris
Die schlafende Armee
Hölle aus Feuer und Eis
BASTEI LÜBBE
Taschenbücher
Die rasanteste Frau des Universums
und ihr unerbittlicher Kampf
um das Schicksal der Erde.
WOLFGANG HOHLBEIN –
niemand schreibt spannender!